君の嘘と、やさしい死神

青谷真未

ポプラ文庫ピュアフル

屋上に続く階段を駆け上がる。メールが届いてからどれくらい経っただろう。

『彼女は今、屋上にいる』

その一文を見た瞬間、食べかけの弁当を放り出して廊下に飛び出した。

この高校の校舎はL字型で、屋上に上がる階段はL字の長い棒の先端にある。ちなみに僕の教室は短い棒の先端で、つまり全教室の中で一番階段から遠い。

僕たちが使っている二年の教室は二階だ。屋上は四階のさらに上。

埃っぽくて人気のない階段を二段抜かしで駆け上がり、両開きの扉を押し開けて屋上へ出た。

薄暗い階段を駆け上がってきたせいか、夏の日差しの苛烈《かれつ》さに目が眩んだ。屋上を囲むフェンスの向こうから吹きつける風が熱い。太陽を遮るもののない屋上は、上履き越しにもコンクリートが熱を孕《はら》んでいるのがわかった。

熱い風が吹き抜ける屋上は無人だった。白く乾いた地面に、僕の影だけがぽつりと寄り添う。途中で行き違いになったか。

空を仰げばあまりに青く、喉元まで出かかっていた悪態《あくたい》が吸い上げられた。

雲のない空は、その高さを推《お》し量ることが難しい。なんだかとても近くにある気がするが、視界をよぎった鳥が豆粒よりも小さくて、やっとあれはとても遠い場所なのだと合点した。

息を整え、のろのろと屋上のフェンスに近づき携帯を取り出す。メールの着信は六分前。ほんの六分前まで、彼女はここにいたのだろう。

彼女を探し始めて二日目。すぐ見つけられるだろうと高をくくっていたが、案外巡り会うのは難しそうだ。この高校の生徒であることは間違いないのだが、先輩か後輩か、はたまた同級生なのかもわからないのはつらい。

今日を含めてあと四日、今週中に彼女を探し出すことなどできるのだろうか。せめて名前がわかればと思うが、在校生であるということ以外、彼女に関する情報は未だ秘匿されたままだ。

溜息《ためいき》を飲み込んだら、どこかでかさかさと小さな音がした。音につられてそちらを見ると、屋上の隅に小さなビニール袋が置き去りにされている。中に何か入っているらしく、風が吹いても持ち手の部分が揺れるだけで、空に舞い上がることはない。

もしかすると彼女の忘れ物かもしれない。近づいて覗き込んだ袋の中身は、フリスクだ。掌に収まる長方形のケースが三つ、そのうちひとつだけが開封されている。

もしもこれが彼女の物なら、忘れたことに気づいて戻ってくるかもしれない。微かな希望にすがり、僕は日差しの照りつける屋上でじっと彼女を待ち続ける。

けれど昼休みの終わりを告げる予鈴が鳴っても、本鈴が鳴ってもなお、彼女が屋上に現れることはなかった。


五時間目の授業を終え、昼休みに食べ損ねた弁当を慌ただしく掻き込んでいると、クラスメイトの高遠《たかとお》が僕の席までやって来た。

「運命の彼女には会えたか？　モモ」

大ぶりの唐揚げを一口で頰張った僕は、高遠を見上げて眉根を寄せる。

高遠はクラスメイトで、小学校からずっと同じ学校に通い続ける幼馴染で、ついでに言うなら、名前も知らない『彼女』を探さなければいけない原因を作った人物だ。

普段の倍のスピードで唐揚げを咀嚼《そしゃく》して、「会えなかった」とだけ僕は告げる。

日本史の教科書に載っている公家《くげ》のような顔をした高遠は、やんごとなき方々のようにわずかな眉の動きだけで落胆の表情を示した。

「意外と巡り会えないものだなぁ……」

「当たり前だよ。休み時間に彼女の居場所だけメールで教えられても、彼女がずっとそこにいるわけじゃないんだから。連絡回数も少ないし……」

「仕方ないだろう。彼女が自分の教室にいないときしか居場所は教えられない。クラスがわかったら彼女を特定するのは簡単だからな。それより、次ＬＬ教室だぞ」

気がつけば、教室にはもう僕と高遠しか残っていない。僕は弁当箱から直接米を掻き込み、慌ただしく席を立った。

立ち上がるとたちまち視線が逆転して、僕が高遠を見下ろす格好になる。別に高遠の背が極端に低いわけではない。高遠はやせ型だが、標準的な身長だ。

標準から少しばかり外れているのは僕の方だろう。

春の身体測定で、僕の身長は百七十九センチと計測された。でも保健の先生にばれないようにこっそり背中を丸めていたので、実際は百八十に届いていたかもしれない。

小学校に入学してすぐ、朝礼で背の順に並ぶときは列の一番後ろに行くようになった。嬉しかったのは最初だけで、バスや電車で子供料金を払うとき、疑うような目でじっと顔を覗《のぞ》き込まれるようになってからは、自然と背中を丸めて歩くようになった。

ＬＬ教室に向かう途中も緩《ゆる》く背を丸め、僕は渋い顔で胃の辺りをさする。五分で弁当を掻き込んだのでまともに食べた気がしない。僕の渋面に気づいたのか、高遠が僕の背を軽く叩く。

「明日からはメールじゃなくて電話で連絡するよう委員の奴らに言っておく。そうすれば、メールを打ってる間に彼女が移動してしまうのは避けられるだろ？」

どこか優しげな高遠の言葉に、ありがとう、と返してしまいそうになって思いとどまった。元はと言えば、高遠がこの妙なゲームに僕を巻き込んだのだ。

事の発端は昨日の昼休み。文化祭実行委員の委員長である高遠に、職員室の隣にある小会議室に呼び出された。普段は部活のミーティングなどに使われることが多い小会議室も、夏休み前のこの時期だけは、ほとんど文化祭実行委員専用室と化す。

毎年九月、夏休みが明けてすぐに行われる文化祭では、クラスや部活ごとに様々な催しを行う。クラス劇や喫茶店などの模擬店、お化け屋敷などの企画、展示も行われる。ちなみに僕たちのクラスは喫茶店の予定だ。

今年は高遠率いる文化祭実行委員も、参加型推理ゲームを開催するという。

参加者は、実行委員から与えられるヒントを手掛かりに、校内にいる指定の人物を探し出す。実行委員から定期的に流されるヒントは、指定の人物がいる場所だったり、その容姿だったりするらしい。

当初はカップル向けのイベントで、男女ペアになった参加者が校内で離れ離れにされ、携帯電話を使わずに再会する内容だったそうだ。イベント名も、『運命の相手に、君も出会える』なんて気恥ずかしいものだったらしい。

この、携帯を使わない、という縛りのきっかけとなったのが、僕が今探している女子生徒の存在らしい。実行委員のクラスメイトに携帯を所持していない女子がいて、珍しい、と委員内で話題になってこんなルールができたのだそうだ。

携帯を使わず、人でごった返す文化祭のさなかに男女が巡り合う。その内容自体はドラマチックで面白かったのだが、どうしたって参加者が限定的になってしまう。そこで推理イベントとして企画を練り直している最中らしい。

そのテストプレイヤーに任命されたのが、僕だ。

突然の任命に呆然とする僕を置き去りに、高遠は淡々とテストプレイの詳細を述べた。

まず、テスト期間は今週の月曜から金曜まで。

事前に教えられた情報は、彼女がこの学校の生徒で、女性であるということ。携帯電話を持っていないということ。

僕は彼女と思しき人物を見つけたら、「貴方《あなた》が運命の人ですか?」と尋ねなければいけない。正直、嫌がらせじみて恥ずかしいセリフだ。

カップルのためのイベントだった名残だろうが、実際口にしようとすると顔が引き攣《つ》る。こんなセリフでなければ、近くにいる女子に片っ端から声をかけて彼女を探すこともできるのだが。

ＬＬ教室に向かいながら、僕はちらりと高遠を見下ろした。

「……あのさ、僕が彼女を見つけられなかったら、文化祭当日まで実行委員の仕事を手伝うってペナルティ……あれ、なかったことにならない?」

「ならないな。これくらいのペナルティがないとお前もやる気にならないだろう」

「これくらいって簡単に言うけど……もし僕が実行委員の手伝いをすることになったら、本気で僕をこき使うつもりだろ?」

「当たり前だ。正規のメンツと遜色《そんしょく》ない仕事をさせてやる」

にこりともしないところを見ると、どうやら冗談ではなさそうだ。前々から人手が足りないと言っていたから、いっそ僕がゲームに失敗することを望んでいる節さえある。

「クラスの準備もあるんだけど……」

「俺だってクラスの出し物には参加するぞ」

「僕はその他にも、生物部と文芸部と手品部の準備もあるんだけど？」

「それは俺の知ったところじゃないな」

幼馴染とは思えない冷淡な言い草だ。

ますます背中を丸めた僕を横目で見て、高遠がぽつりと言う。

「そんなに切羽詰まっているなら、断ってくれてもよかったんだぞ」

「断ったら諦めてくれたわけ？」

「どうだかな。でもお前、一度も嫌だとは言わなかっただろう」

高遠の声はさほど大きくもなかったのに、くっきりと周囲の音から浮き上がる。

僕はその言葉を反芻《はんすう》して、うん、と頷いた。

確かに僕は、嫌だとは言わなかった。

言おうとは思った。けれど言葉は喉の辺りで膨らむだけで声にならず、そのうち呼吸すら圧迫し始めたので諦めた。

今に始まったことではない。もう小学生の頃から、僕は嫌だという言葉が口にできない。自分でも呆れるほどその言葉は頑固に喉にへばりつき、最後は呼吸すら奪いにかかる。

「……言えたら苦労しないんだけどね」

隣を歩く高遠にも聞こえないくらい小さな声で呟いたら、それに応えるようにズボンのポケットに入れた携帯が震えた。定期的に彼女の情報をくれる実行委員からのメールだ。

「『彼女は早退した』……だって。具合でも悪くなったのかな」

「だったら今すぐ校門に行くか？　彼女と鉢合わせするかもしれない」

「無理だよ、授業が始まる」

携帯をポケットにしまいながら、屋上に放置されていたフリスクのことを思い出した。あれはやっぱり、彼女のものだったのだろうか。

ともあれ、今日の放課後は彼女探しに振り回されずに済みそうだ。昨日は校門を出たところで『彼女は今、図書室にいる』というメールが飛んできて、慌てて校舎に舞い戻る羽目になった。

続けて『彼女が読んでいる本のタイトルは、志ん生人情ばなし』と送られてきたが、図書室は試験勉強中の生徒で一杯で、彼女を見つけることはできなかった。せっかく本のタイトルを教えてもらっても、背表紙が見えるように本を読んでいる生徒がいなければ意味がない。

そもそも志ん生とはなんだろう。不自然にひらがなが交じっているから、何かの変換ミスだろうか。

ＬＬ教室の席に着き、調べてみようか、と携帯を取り出した。けれど画面に検索サイトが現れる前に教師が到着してしまい、僕は携帯をズボンのポケットに戻す。

授業が終わる頃には、志ん生を調べようとしていたこと自体忘れていた。

テストプレイ三日目から、高遠の言葉通り、メールではなく電話で彼女の情報が送られてくるようになった。

昼休みに携帯が鳴るや、僕は今日も弁当を放り出して携帯を掴《つか》む。

なんとしても今週中に彼女を見つけなければ、三つの部活とクラスの文化祭準備に加え、文化祭実行委員の仕事まで背負い込むことになる。これ以上死亡フラグを増やしてたまるかと、僕も必死だ。

『もしもし。彼女は今、二階の渡り廊下にいる』

必要なことだけ言うと、こちらの返事も待たず相手は電話を切った。

教室を飛び出し、すぐさま渡り廊下に駆けつけた。辺りを見回すが廊下にそれらしき人はいない。あちらから歩いてくる女子生徒が彼女だろうか。だが、もしも全然関係のない人物だったらどうする。「貴方が運命の相手ですか？」なんて恥ずかしいセリフを吐いて、胡散《うさん》臭い目で見られたら立ち直れない。

まごまごしていたら再び着信があった。

『もしもし？　彼女は今、職員室の前にいる』

電話の向こうの人物も息が切れている。相手も彼女を追っているのだろう。礼を言う暇もなく電話は切れ、今度は職員室に向かって走り出す。

階段を駆け下り、一階の廊下を右手に曲がれば職員室だ。今度こそ彼女に会える、そう思ったとき。

「うわっ！　なんだ、危ないな！」

曲がり角で、体育科の男性教師と正面衝突してしまった。相手は後ろによろけ、手にしていたプリントが辺りに散らばる。

すみません、と慌てて頭を下げた僕は、体育科の教師の背後を、髪の長い女子生徒が歩いていることに気づいて目を見開いた。

職員室前の廊下には、僕たちの他にはその生徒以外、誰もいない。

昇降口の方へ歩いていく華奢な背中を呼び止めようとしたら、正面に立つ体育科の教師に「こら！」と一喝された。

「廊下を走るんじゃない！　それから、プリントぐらい拾っていけ！」

「あっ、す……すみません！」

僕は大慌てで廊下にしゃがみ、彼女の後ろ姿を目で追いながらプリントを拾う。すらりと伸びた白い手足に、背中で揺れる黒い髪。遠ざかる姿をせめて目に焼きつけようとしていたら、手元がおろそかになってまた教師に叱られた。

拾い集めたプリントを教師に手渡したときにはもう彼女の姿はなく、僕は落胆の溜息をついた。

彼女が昇降口の方へ行ったことだけはわかったが、問題はその後だ。昇降口から外へ出たのか、昇降口を通り過ぎて保健室へ行ったのか、その奥のピロティへ出たのか。手前の階段で上の階へ行った可能性もある。

未練がましく、誰もいない廊下を見渡してみた。

職員室前の廊下には、様々な掲示物が貼られている。ボランティア募集のポスターに美術館のポスター、近くの公民館で催される落語のポスターも貼られている。

掲示物の上を漂っていた視線が、落語のポスターで止まった。『落語を楽しむ』と大きく書かれたその脇に、『古典落語と人情ばなし』とある。

人情ばなし、という字面に見覚えがあった。最近、どこかで見た気がする。

考えたのは一瞬で、すぐにメールだと思い出す。昨日、文化祭実行委員から送られてきたメールだ。ポケットから携帯を取り出して確認する。間違いない。

　昨日、志ん生とは何か調べようと思っていたことも思い出し、ついでなのでその場で検索する。すぐに、『古今亭志ん生《ここんていしんしょう》』という単語がヒットした。

　志ん生というのが落語家の名前で、彼女が図書室で読んでいたのが落語の本だということを、誰もいない廊下で僕は初めて知ったのだった。


　テストプレイ五日目の昼休み。僕は再び高遠に小会議室へと呼び出された。

「今日はテストプレイ最終日なわけだが、運命の彼女とは出会えたか？」

「……出会えてない」

「そうか。じゃあ文化祭当日まで、昼休みはここで弁当を食べてくれ。実行委員の活動時間は、主に昼休みと放課後だ」

「いや、まだ半日残ってるからね？　早速メンバー扱いするのやめてくれる？」

　六人掛けの長テーブルに弁当を広げ、僕は精一杯の虚勢を張る。だが本音は諦めの境地に片足を突っ込んでおり、笑顔が引き攣ってしまうのを隠せない。

　彼女の居場所を電話で知らせてもらえるようになり、彼女を見つけるのも時間の問題かと思われた。だが、職員室の前で彼女らしき人物と遭遇して以降、実行委員から送られてくる連絡が激減した。彼女が休み時間に教室から出なくなり、放課後は早々に帰宅するようになったらしい。

別に不自然なことでもなんでもない。僕だって昼休みは教室で弁当を食べたらその場から動かないし、部活のない日はすぐ帰る。むしろ最初の三日間、彼女が頻繁に教室の外を出歩いていた僥倖《ぎょうこう》をもっと有り難がるべきだった。

机の上に置いた携帯をちらりと見たが、今日も着信はなさそうだ。沈んだ気持ちが味覚に反映されてしまったのか、母親の作るだし巻き卵が、やけにしょっぱく感じる。

小会議室には、僕と高遠の他にも実行委員のメンバーが数名いた。来週から期末試験だというのに、文化祭の準備に追われて試験勉強どころではないようだ。

明日は我が身か、とぞっとしていたら、隣で弁当を広げた高遠がぽつりと言った。

「実行委員の人手が増えるのは有り難いが、やはり顔も名前もわからない相手を探し出すのは難しいんだな」

「……というか、情報量が少な過ぎるんだよ。せめてもう少し、彼女の容姿とか教えてもらえないの？」

高遠が、あ、と小さな声を上げた。弁当箱の蓋《ふた》を開けた格好でしばし静止し、小さく咳払いをしてから蓋を裏返す。

「そういえば、容姿なんかも少しずつ教えていくことになっていたな」

「忘れてたの……？　じゃあもう、今までのノーカンじゃ……」

「彼女は美人だぞ」

主観的な情報だ、と思ったが、素直に納得してしまった。

職員室の前で一度だけ見た、恐らく彼女だろう後ろ姿を思い出す。つやつやとした黒髪に、紺のハイソックスを履いた長い脚。背筋の伸びた、綺麗な立ち姿だった。

しかし携帯を持っていない美人、というだけで人物を特定するのは難しい。しかも残り時間は半日だ。

絶望的な気分で弁当の向こうに目をやれば、テーブルの上には文化祭関連の分厚いファイルが積み上げられ、その周りに名簿や試算表、何度も書いたり消したりして試行錯誤したことが窺《うかが》える体育館の使用時間割表などが散らばっていた。

文化祭にまつわる懸案そのものともいうべきそれらを中央に押しやり、隅に作った狭いスペースで僕らはちまちまと弁当を食べている。

文化祭実行委員になったら、毎日こんな息苦しい気分で昼食を食べなければいけないのか。現実から逃れたい一心で視線をさまよわせていたら、体育館の使用時間割表の上に置かれた封筒に目が行った。なんの変哲もない白い封筒をじっと見てしまったのは、そこに太い黒ペンで『直訴』と書かれていたからだ。

直訴とは穏やかでない。殴り書きっぽい字なのも気になる。書き手の切迫感が伝わってきて、興味をひかれた。腕を伸ばし、ひょいと封筒をつまみ上げる。

「これ何？」

封筒を見せると、一瞬だけ高遠の手が止まった。あまり表情の変わらない高遠が、わずかに頬を痙攣《けいれん》させ、ごくりと口の中の物を飲み下す。

「……文化祭で体育館のステージを使わせてほしいという、直訴状だ」

「どこの部活？」

「いや、個人で使いたいらしい。でもステージのタイムテーブルはもう一杯だ」

僕から目を逸らす高遠の仕草がどこかぎこちなかったようにも思ったが、気にせず封筒を裏返した。ご丁寧に、学年と名前まで書かれている。僕と同じ二年生の、女子だ。

「たったひとりでステージ使って、この人何がしたいの？　ひとり芝居とか？」

「落語だそうだ」

落語、と口の中で繰り返し、次の瞬間僕は勢いよく椅子から立ち上がっていた。

今週だけで、弁当を放り出すのは何度目だろう。目の端で高遠の驚いたような顔を捉えたものの説明は省き、僕は封筒を握り締めて廊下に飛び出した。

落語と聞いて、とっさに彼女のことを思い出した。

図書室で、彼女は落語の本を読んでいた。だからこの手紙を書いたのは彼女だ、と断定するのはさすがに早計過ぎるが、今はどんなにささいな手掛かりにもすがりたい。あと半日のうちに彼女を見つけなければ、文化祭実行委員の一員にされてしまう。

慌ただしく廊下を走り、封筒の裏に書かれたクラスと名前を再確認する。

二年一組、美園玲《みそのれい》。知らない名前だ。

息せき切って一組の教室までやってきた僕は、まだ呼吸も整わないうちに室内を覗き込む。昼休みなので人が多い。女子も大勢いるが、誰がこの封筒の差出人だろう。

とりあえず美園玲という人物を特定すべく、入り口近くに座っていた生徒に声をかけようとしたときだった。

「あっ、虹が出てる！」

窓際で大きな声が上がって、室内にいた生徒たちの視線が一斉に窓の外へと流れた。

教室はグラウンドに面していて、空を遮るものがない。見通しのいい青空に、くっきりとした虹が出ている。しかも二重の虹だ。細い虹が二本並んだその様は、内側から色が抜けた、とんでもなく太い虹のようにも見えた。

虹だけでも十分珍しいのに、二重の虹に興奮したのか、室内にいた生徒たちがわっと窓辺に駆け寄った。誰からともなく携帯を取り出し、我先にと写真を撮り始める。

僕も思わずポケットの上から携帯に触ったが、取り出すことはしなかった。それよりも、窓際の一番後ろの席に座る女子の後ろ姿に目を奪われたからだ。

その生徒は、背中に届く黒髪をさらりと垂らし、机に頬杖をついて窓の外を見ていた。虹に見入っているのか、微動だにしない。

後ろ姿に見覚えがあった。数日前、職員室の前で見た姿に、似ている。

僕は教室の敷居をまたぎ、そっと彼女の後ろに立つ。窓の外の虹は、段々と薄れてきたようだ。他の生徒たちは写真を撮って満足したのか、虹が完全に消えてしまうのを待たずに窓辺から離れていく。

僕に背を向けた彼女だけが、窓の外を見たままピクリとも動かない。携帯で虹を撮影することもなく、青空に二本の虹が溶けていくのを静かに見守っている。

テストプレイの、もうひとりのプレイヤー。運命の相手、と高遠が言っていたその人物は、確か携帯を持っていなかった。

声をかけるか否か迷っていたら、彼女が背後に立つ僕に気づいた。

椅子に腰かけたまま、彼女がゆっくりと顔を上げる。癖のない黒髪が一筋、肩からさらりと胸に落ちた。黒く潤んだ瞳がこちらを向く。

正面からその顔を見た瞬間、白い、と思った。髪と瞳が墨のように艶やかな黒だったから、肌の白さにはっとする。

彼女と視線が交差したとき、サイダー瓶の底に落ちていくビー玉が頭に浮かんだ。つるりと白い彼女の頬が、柔らかさや温かさより、真っ先に硬質さを連想させたせいかもしれない。

彼女の背後には、抜けるような夏空が広がっている。彼女の着る白いシャツに空の青さが染み込んで、シャツの陰影が藍色を帯びる。

サイダーの底に沈んでいく、欠けも歪《ゆが》みもない美しいガラス玉。

彼女が瞬きをした刹那、かん、とビー玉が瓶の底を打つ音すら聞こえた気がして、僕ははっと我に返った。

何も言わずに立ち尽くす僕を、彼女は瞬きもせず見詰めている。「貴方が運命の人ですか？」と尋ねたいのだが、予想外に美人過ぎて気後れした。間違っていた場合、笑って許してくれそうな大らかな雰囲気が皆無だ。

周囲に目を配ってみるが、幸いなことに皆携帯で撮った虹に夢中らしく、よそのクラスからやって来た僕に注意を払う者はいない。

間違っていたらすぐ謝って、全力で逃げよう。覚悟して僕は背中を丸め、小声で尋ねた。

「あの……貴方が、運命の人ですか……？」

極限まで潜めた声で尋ねる。胡散臭い目を向けられるか、平然と頷かれるか。さあどっちだ、と身構えたが、返ってきたのはそのどちらとも違う反応だった。

僕の弱々しい言葉尻が教室の喧騒《けんそう》に呑み込まれた瞬間、彼女は鋭い刃物を喉元に突きつけられたような顔をした。

大きく目を見開いた彼女の頬が引き攣る。口元が震えて、今にも悲鳴を上げそうだ。

恐怖に似た表情を見せる彼女に、僕も同じくらいに動揺した。そんなにおかしなことを言っただろうか。事情を知らない人が聞けば寒いセリフに聞こえるだろうが、怯《おび》えさせるような内容ではないはずだ。

「あの……っ！　ぶ、文化祭実行委員のゲームです……！」

怪しい者ではないことを示そうと、僕は口早に言い添える。彼女は一瞬身を震わせたものの、素早く二回瞬きをすると、顎を引くようにして頷いた。まだ表情は硬かったが、少しは落ち着きを取り戻したらしい。

もう一度、運命の人ですか？　とおっかなびっくり尋ねると、今度は首肯が返ってきた。半ば人違いだと覚悟していただけに拍子抜けした。

ならばなぜあんな怯えた表情をしたのだろう。不思議に思ったが、気安くそれを尋ねられるほど、彼女は平凡な顔立ちをしていない。

礼だけ述べてそそくさと彼女に背中を向けたら、後ろからぐんとシャツを引っ張られた。驚いて振り返ると、彼女が身を乗り出して僕のシャツの背中を摑んでいる。

半袖から伸びる彼女の腕は、やっぱり眩しいほどに白い。滑らかに白い肌は陶器に似て、強く振りほどいたら割れてしまいそうな危うさがあった。整い過ぎた顔立ちが、どこか作り物めいて見えるからかもしれない。

シャツを摑む彼女は、もう先程までのような怯えた顔をしていなかった。僕から一瞬も視線を逸らすまいと、強い眼差しを向けてくる。どちらかというと、怒ったような顔だ。

僕はわけがわからない。声をかけたら怯えられ、背中を向けたら怒られて、一体何が悪かったのだろう。途方に暮れて、シャツを掴む彼女の手元に視線を落とす。はずみで彼女の手首に何か書いてあることに気づいた。

数字だ。しかもかなり長い数列だが、何かの番号だろうか。

そんなものに気を取られて逃げる機会を逸《いっ》した僕のシャツを、もう一度彼女が引っ張った。僕が顔を上げるや、彼女は見た目の印象とずれのない、薄いガラスの風鈴を鳴らしたような高く澄んだ声で言った。

「今まで運命なんて信じてなかったけど、考えを改めることにする」

「え……、はい……?」

「だって貴方、私の運命の人なんでしょう?」

僕は再び言葉に詰まる。

文化祭実行委員が彼女にどんな説明をしたのかは知らないが、彼女の表情は真剣だ。

進退窮《きわ》まった僕の前で彼女が立ち上がる。立っても目線は僕よりずっと下だ。しかし彼女は身長差に臆することなく僕の正面に回り込むと、片手を差し出してきた。

握手を求められているらしい。

もしかするとこれもゲームの一環なのだろうか。僕が教えられていなかっただけで、彼女の方には実行委員からこういうやり取りをするよう伝えられているのか。

彼女は相変わらず睨むように僕を見ているが、怒っているのとは少し違うらしい。むしろ何かに、挑むような顔だ。

混乱しつつ、促されるまま彼女の手を取った。

陶器のような質感を想像していたが、そんなわけもなく彼女の手は温かかった。それはそうだとホッとするような、握手とはいえ女の子と手を繋いだ事実にドキドキするような。様々な感情が一緒くたになっておろおろしていたら、彼女が渾身《こんしん》の力を込めて僕の手を握り返してきた。細腕に似合わず力が強い。正直痛い。

わずかに顔をしかめた僕に、彼女は思い詰めた顔で言った。

「これで貴方と私は、運命共同体」

「……と、言うと？」

真剣な彼女の態度に押され、うっかり尋ねてしまった。尋ねてから、やめておけばよかった、と思った。

遅ればせながら嫌な予感がして後ずさりする僕の手を、逃がすものかと彼女は握り締める。そして、一歩も引かない強い口調で言った。

「文化祭の準備、手伝って」

ああ、と、唇から呻《うめ》くような声が漏れた。

無事に運命の相手を見つけ、文化祭実行委員の仕事を手伝わずに済むと思ったのに。

結局またひとつ、しかも飛び切り面倒臭そうな仕事が増えてしまったらしい。

文化祭の準備を手伝ってくれと言われたものの、それきり彼女からはなんの音沙汰もなかった。翌週からは期末試験が始まってしまい、あれこれ考えている暇もなくなる。期末試験が終わる頃には、あれはなんだったのだろうと思い出すことさえなくなって、すっかり気を抜いていたところに彼女は現れた。

期末試験の最終科目は英語だった。テスト終了のチャイムの音を、生徒たちの溜息とも歓声ともつかないものが引き取る。

もう駄目だ、とでも言いたげな重い溜息は、もういいや、の開き直りに代わり、だってもうすぐ夏休みだ、と軽やかに弾む笑い声に代わる。

狭い校舎から溢れる声は解放感に満ちている。僕も大きく伸びをしようとして——教室の入り口に立つ女子の姿に気づき、ぎくりと身を強張《こわば》らせた。

廊下から一直線にこちらを見ていたのは、彼女だ。

名前も知らないまま一週間も彼女を追い続けていたせいか、とっさに名前が出てこない。三島《みしま》だったか、三国《みくに》だったか。思い出せずに焦る僕を、瞬きもせずに彼女が見ている。

クラスメイトたちは、見慣れない彼女をちらちらと振り返りつつ廊下に出ていく。特に男子は振り返っている時間が長い。改めて見ても、彼女はすらりと背が高く、白い肌と黒い髪のコントラストが鮮烈な美人だった。

ぎくしゃくと立ち上がり彼女に歩み寄ると、教室中の視線が僕たちに流れてきた気がした。自意識過剰だろうか。

「話があるんだけど、この後時間ある？」

僕が声をかけるより先に切り出した彼女の表情は落ち着いていた。初対面のときのように、怯えても怒ってもいないようだ。

返事をしようとしたら、通り過ぎざま彼女の言葉を聞きつけたクラスメイトが、好奇の目を送ってきた。居たたまれなさに、僕は小声で答える。

「あるけど、ここはちょっと……」

「じゃあ外で」と即座に応じた彼女は、僕に背を向け廊下を歩き始める。こちらには拒否権はおろか、選択権もないらしい。僕は慌てて自席へカバンを取りに戻り、困惑したまま彼女を追った。

彼女に連れられてきたのは、駅前のバーガーショップだった。

昼時より少し早い時間なので、店内にはそこそこ空席が目立つ。先に会計を終えた彼女は、店の隅のテーブル席に座っていた。

こんな場所に来たのだから食事をするのかと思いきや、彼女がトレイに載せていたのはコーヒーだけだ。そうとは知らず、大小二つのハンバーガーとポテトにコーラ、おもちゃまでトレイに載せた僕は居心地が悪い。

ちなみに僕の注文の内訳は、おもちゃがついてくるキッズセットとハンバーガーだ。おもちゃは最近テレビで流れているアニメ、『魔法少女カリンちゃん』のフィギュアである。別に僕の趣味ではない。年の離れた妹がこのアニメを好きで、フィギュアのコンプリートを狙っているだけだ。

もしも彼女に「その人形何？」と訊かれたら包み隠さず真実を告げよう。というか、告げないことには話も進められない。意気込んで彼女の向かいに座ったが、彼女はフィギュアに目もくれず言った。

「まだ名前言ってなかったけど、二年一組の美園玲です。よろしく」

彼女は僕がハンバーガーを二つ頼んでいようが、魔法少女カリンちゃんのフィギュアを持っていようがどうでもいいらしい。いささか肩透かしを食らった感もあったが、こんな美人が僕に興味を持つはずもないと思えば、むしろ気が楽だった。

一応こちらも自己紹介をするべきかと、僕は両手を膝に置く。

「あの、二年七組の、百瀬《ももせ》──太郎《たろう》です。よろしく……」

フルネームを告げるか、名字だけにするか、若干迷った。

小学生の頃から、百瀬太郎という名は散々にからかわれてきた。小、中、高と『桃太郎』というあだ名はついて回り、最後は縮んでモモになる、というのがパターンだ。

だが、やはり彼女はどこまでも僕自身には興味がないらしい。僕の自己紹介に小さく頷いただけで、寄り道なしで本題を切り出した。

「早速なんだけど、文化祭の準備を手伝ってほしいの」

ここまでくるといっそすがすがしい。僕は今度こそ本当に気が抜けて、ポテトの袋からしなしなのポテトをつまみ上げた。

「文化祭の準備って、なんの？」

「落語」

一応確認したものの、先に高遠から聞かされていたので別段驚きはなかった。それよりも、こちらを見る彼女の少し吊り上がった目や、それをくっきり縁取《ふちど》る睫毛《まつげ》の濃さ、淡いバラ色の唇なんかに僕の目は泳ぐ。うちの学校にもこんな美人がいたんだな、と改めて驚いた。

「本当は、落語研究会を作って文化祭に参加するつもりだったんだけど、なかなか部員が集まらなくて」

ドギマギする自分をごまかし、わかる、と僕も頷き返す。

僕は今、生物部と文芸部と手品部を兼部している。

どれもあとひとり部員が減ると部として承認されなくなる崖っぷちの部活で、部の存続のため、名前だけ貸してほしいと泣きつかれて各部に入部した。だからマイナーな部活で人数を集める大変さは知っている。

「でもわざわざ部を作らなくたって、文化祭には参加できるよね？　去年、有志って形でオペラやってるところがあったはずだけど……。合唱部のメンバーが何人か集まって、どこかの空き教室で『オペラ座の怪人』やってなかった？　個人でも、空き教室くらい使えるんじゃ……？」

僕の提案に、彼女はぐっと眉間を狭めた。何か怒らせるようなことでも言ったかと身を引いた僕に、彼女は低い声で告げる。

「わかってる。でも、私は体育館で落語をやりたいの」

体育館はキャパが広い上に、音響などの設備も整っている。演劇部や合唱部はもちろん、劇をやるクラスも使いたがるので毎年競争率が高い。そんな中、部活にも所属していない個人が体育館のステージを使うのは難しいだろう。

「文化祭の実行委員長は、もうタイムテーブルが一杯だって言ってたけど……」

「知ってる。だから、落語テロを決行しようと思うの」

Sサイズのポテトをすっかり平らげ、ハンバーガーの袋を開けようとしていた僕は手を止めた。今何か、とても穏やかでない言葉を耳にした気がするが。

恐る恐る彼女の表情を窺う。彼女は固く唇を引き結んでにこりともしない。困ったことに、どうやら本気だ。

「演目と演目の間には、必ず休憩時間があるでしょ？　十分くらい。その間に舞台に上がるっていうのはどう？　とりあえず落語を始めちゃえば、プログラムになくてもお客さんが見てくれるんじゃないかと思うんだけど」

「いや……その前に実行委員に止められるんじゃ……」

「そこで貴方の出番。舞台の袖《そで》で、貴方が実行委員を止める」

どう？　と真顔で問われ、どうもこうも、と力なく返すことしかできなかった。

彼女が僕に目をつけた本当の理由がわかった。僕をバリケードとして使うつもりらしい。たまに長身を羨《うらや》ましがられることもあるが、いいことなんてそうそうない。僕は大きく背中を撓《たわ》め、指先で額を押さえた。

「……もうちょっとこう、正攻法で……」

「正攻法は全部試した。でも、駄目だったからテロることにしたの」

テロるって言葉初めて聞いた。なんて突っ込むだけの余裕もなく、僕は小さく唸った。話を聞いた感じでは、彼女は文化祭で落語をやるため本当に手を尽くしたようだ。文化祭実行委員には直訴状まで送っている。となればもう、答えは出ているではないか。一個人が、文化祭のメイン会場である体育館を使うなんて無理な話なのだ。

大前提として、僕が彼女を手伝わなければいけない理由がない。この場で「嫌だよ」と言ってしまえば、それでおしまいだ。

僕は小さく口を開け、彼女の申し出を断るべく喉元に力を込める。

嫌だ、と言おうとした。その瞬間、喉の奥に濡れた布でも押し込まれたようになって、息が出来なくなった。

指先で喉元を引っ掻く。それでも喉は閉じている。本格的に苦しくなってきて、やむを得ず言葉を変えた。

「……どんな落語をやるのかは、もう決まってるの？」

嫌だ、という言葉を引っ込めた途端、現金なくらい喉の緊張が緩んだ。いつものことだ。

コーヒーの蓋を開け、慎重にカップに口をつけていた彼女が、ん？　と目だけ上げてこちらを見る。近寄りがたい美人と思っていた彼女の仕草が予想外に可愛かったので、不意打ちにドキッとしてとっさに目を逸らした。

「いや、落語にもいろいろあるんでしょ？　演目みたいなのが」

協力するとは言わず、話の矛先を変える。彼女はカップをテーブルに置くと、思案顔で視線を落とした。

「まだ少し、迷ってる……」

「じゃあ、まずはそれを決めないと。他にも必要なものとかあるんじゃない？　落語って着物でやるイメージあるけど、そういう衣装とか」

「そう、そうなの。扇子《せんす》とか、座布団とか。めくりも作らないといけないし……」

一口に「落語をやる」と言っても、事前準備はたくさんあるはずだ。実際に準備を始めてみたら、思った以上に大変で彼女も諦めるかもしれない。

名前も知らない僕を文化祭の準備に引っ張り込もうなんて突拍子もないことをするくらいだ。彼女が、情熱はあるが計画性皆無の、飽きっぽい人物であることを祈った。

彼女はしばらく難しい顔でテーブルの隅を睨んでいたが、次に顔を上げたときはもう、何か思い定めた顔になっていた。

「それじゃあ、まずは演目を決める。早速だけど、明日とか空いてる？」

体育館のステージをどう確保するか、という問題が先送りになったことにひとまずほっとして、僕はようやくハンバーガーの袋を開いた。

「ごめん、明日は補講の後、手品部に顔を出さないといけなくて……」

「手品部？　うちの学校、手品部なんてあったの？」

「うん、今は部員も少ないけど、結構伝統ある部らしいよ。一時期は本格的なテーブルマジックとかしてたらしいし」

「じゃあ、明後日は？」

「明後日は文芸部で、文化祭で発行する部誌のテーマを決めないといけなくて」

「明々後日《しあさって》」

「木曜日だよね。その日は生物部で、夏休み中の餌当番を決める予定なんだ」

「……その次の日は」

段々彼女の表情が曇ってきたのはわかったが、事実は事実だ。僕はもそもそとハンバーガーを食べながら、小声で答える。

「うちのクラス、文化祭で喫茶店をするから、休みの前にメニューを決めることに……」

「貴方、どうしてそんなに多忙なわけ!?」

とうとう怒られてしまった。しかし何ひとつ嘘は言っていない。

「あのさ……僕、文化祭前はこんな感じでいろいろやってるから、あんまり役に立たないかもしれないけど……？」

あわよくばここで諦めてくれないかと思ったが、彼女はめげなかった。さすがにぬるくなっただろうコーヒーを一口すすり、ひたりと僕を見据える。

「そんなこと言われても逃がさないから」

無駄な足掻《あが》きだったようだ。

結局、彼女とは来週の終業式に学校の図書室で待ち合わせることになった。

話している最中、彼女はカバンの中からフリスクを出した。屋上に放置されていたのと同じものだ。

やはりあれは彼女の忘れ物だったのだろうかと思っていたら、彼女は白いタブレットを口に含み、噛まずにコーヒーで流し込んだ。

僕は一瞬それを見逃しかけて、次の瞬間強烈な違和感に動きを止めた。

普通は口の中でタブレットを噛み砕く。飴のように舐《な》めることもあるかもしれない。だが、水分で喉の奥へと押し流す人など初めて見た。あれでは口の中に爽快感が広がらない。どこから突っ込んでいいのか判断がつかない僕を置き去りに、彼女はさくさくと話をまとめると、「それじゃ」と短く告げて席を立ってしまった。止める隙もない。

去っていく彼女の後ろ姿を見送っていたら、彼女の手首の内側で目が止まった。

静脈が透けて見えそうな白い肌に、黒いペンで数字の羅列が書かれていた。以前も同じ場所に数字が書かれていたのを思い出し、目を凝らす。

前回見たときは何が書かれているかまるでわからなかったが、今回は数字の頭が０９０で始まることに気がついた。電話番号だ。

なんでそんなところに番号を、と新たな疑問が湧《わ》いたものの、尋ねる間もなく彼女は店を出てしまった。

残された僕は、紙コップの底に残ったコーラをひとり淋しくストローで吸い上げる。ずるずると間抜けな音が辺りに響いて、溜息と共にストローから唇を離した。

彼女に対する疑問は多い。

どうしてたったひとりで落語をやろうなんて思ったのか。体育館にこだわる理由は何か。

でも疑問を持っているのは僕の方だけらしく、彼女は僕に何も尋ねない。文化祭の準備に協力してもらえるのなら、きっと誰でも構わなかったのだろう。

テーブルに置かれた魔法少女カリンちゃんのフィギュアについて彼女が一言も触れなかったことが、僕に関心のない何よりの証拠だと思った。


一年で一番日が長くなる夏至《げし》は六月だ。でも、一年で一番暑いのは八月くらいだろう。

「冬の間に冷やされた冷たい土が、夏至の頃はまだ地面の下に残っているからだよ」と教えてくれたのは父だった。だから一年で最も日が長くとも、夏至の頃はまだ涼しい。八月頃になると、地層深くの土も残らず温まってしまうから一等暑い。同じ理由で、冬も冬至を過ぎた一月の方が寒いのだそうだ。

ぽつぽつとそんなことを語った父は、最後に「父さんもね、この話を自分の父親から聞いたんだ」とつけ足した。

あの話に、科学的な根拠があったのかは知らない。でも夏が来るたび思い出す。

ネットで真偽を調べるのは簡単だが、それをしたこともなかった。調べてしまったら父の言葉を疑ったようで、後ろめたく思う予感がしたからだ。

終業式を終え、あらかたの生徒が下校した静かな校舎を歩きながら、僕はまた父の言葉を思い出している。窓の近くを歩いていると額に汗が噴き出してくるが、きっと来月の方がもっと暑い。白く乾いたグラウンドの地下深くには、まだ冷たい土があるはずだ。

図書室は、試験期間中とは打って変わってがらんとしていた。生徒どころか、司書の先生も席を外しているらしく誰もいない。彼女もまだ来ていないようだ。

暇を持て余して本棚の間を歩きながら、僕は一週間前に行われた手品部の部会を思い出す。

手品部の部員は一年生が一人、二年生が僕を含めて三人、三年が一人だ。僕は同じ学年の友人に頼まれて手品部に入ったのだが、この部活は本来帰宅部の隠れ蓑だった。

うちの学校は基本的に帰宅部を認めておらず、部活か委員会のどちらかに所属することを生徒に義務づけている。

そのどちらにも参加したくない怠け者たちが目をつけたのが、廃部寸前の手品部だ。例年形ばかりの活動をしてお茶を濁していたらしいが、今年の春、僕とともに三年の堀《ほり》先輩が入部してきて、風向きが変わった。

堀先輩はつい最近、どこぞの動画サイトを見て手品にハマったそうで、意気揚々と手品部に入部すると「せっかくだから手品部も文化祭で何かやろうぜ！」とぶち上げたのだ。

普通の三年生は夏休み前に部活を引退して、この時期は二年生が主導権を握るものだが、堀先輩は文化祭が終わるまで引退する気がないらしい。おかげでここ数年ろくな活動をしていなかった手品部が、今年は文化祭でマジックを披露することになった。しかも体育館のステージで。

僕は廃部を避けるため名前を貸しただけなので普段の活動には参加していなかったのだが、文化祭の準備には人手が必要だからと駆り出された次第だ。

先週は文化祭でどんなマジックを披露するか話し合ったのだが、堀先輩以外のメンバーのやる気は皆無だった。堀先輩が入部した当初から他のメンバーとの温度差は火傷する程だったが、文化祭に参加すると決まってさらに顕著《けんちょ》になったらしい。誰ひとり携帯から顔を上げようともしなかった。

同じ途中入部同士だからか、堀先輩はやたらと僕に絡んでくる。前回も部室で顔を合わせるなり、「モモ、あれどうなってる？」と気さくに肩を組んできた。あれとは当然、文化祭の出し物のことだ。

僕以外のメンバーから意見が出ないだろうことは想定していたので、事前にネットで調べてきた手品をぽつぽつと提案してみた。マジックグッズを売っているサイトなども紹介したのだが、「グッズ買ったらできるやつとか、ちょっと安易過ぎない？」と却下されてしまった。堀先輩は変なところで意識が高い。

最後は「ネットで調べられる情報って誰でも簡単に見つけちゃうから、もっとアナログで人目につかないところからネタ拾ってきてよ」などと、新たな課題まで押しつけられてしまったのだった。

終わってみれば、他の部員どころか、一番乗り気な先輩からすらなんの提案もなかったことにがっくりきた。名前を貸しているだけの僕が、なぜ一番働いているのか。

そんなにマジックがやりたいなら自分で調べてきたらどうですか、と堀先輩に対して思わないでもない。名前を貸すだけという約束だったはずなのに、どうして僕まで手伝わなければいけないんだ、と他のメンバーに問いたくもある。

それでも、「モモ、やっといて」と言われると断れない。「嫌です」の一言が出てこないのはいつものことだ。

本棚の間を行きつ戻りつしていると、図書室の扉ががらりと開いた。見遣《みや》った先にいたのは彼女だ。大股で僕のもとまでやって来る。

「探した」

僕の傍らで立ち止まった彼女は、開口一番そう言った。軽く息が乱れている。何事かと目を白黒させる僕に、彼女はさらに言い募る。

「三十分前にここに来たけど、いつまで待っても貴方が来ないから、探してたの」

「そんなに早くホームルーム終わったの？」

「通知表渡すだけなんだから十分もあれば余裕でしょ？」

さも当然のことのように彼女は言うが、あいにく僕のクラスの担任は話が長い。通知表も、ひとりに一言ずつコメントをつけて返すので大分時間がかかった。

「……携帯に連絡くれればよかったのに」

「携帯持ってない」

独白めいたぼやきを鋭く打ち返され、僕は目を瞬かせる。

高遠からもそんな話を聞いていたが、今の今まで半信半疑だった。つい、探るような視線を彼女に向けてしまう。

「本当に持ってないの……？　携帯ないと不便じゃない？」

「多少。でも困るほどじゃないから」

「緊急時とかどうするの」

災害とか、と続けようとしたら、彼女がさっと左手を上げた。彼女は拳を握っていて、殴られるのかととっさに身構えたが、違った。

びくびくする僕を見上げ、「何してんの」と呆れた声で彼女が言う。彼女は握った拳を振り上げることなく、ちょこんと自身の顔の横まで上げていた。招き猫のようなポーズだ。近寄りがたいくらいの美人が、ちょっと可愛いポーズをしているギャップに目を奪われて反応が遅れた。そんな僕に、彼女は腕の内側を指さしてみせる。

彼女の手首から肘に向かって、黒いペンで数字の羅列がずらずらと二本並んでいた。初対面のときから気になっていたそれを、彼女はあっさり謎解きする。

「これ、両親の携帯番号。事故とかに遭ったとき、救急隊の人は携帯のアドレスを見て家族に連絡するって聞いたから。私携帯持ってないし、ここに緊急連絡先書いてるの」

僕が言いたかったのは、崩れた建物の中などに閉じ込められたときに外部へ連絡する手段として携帯が必要になるのではないか、という内容だったのだが。

得意そうに胸を張る彼女に野暮《やぼ》なことを言うのはやめにして、僕は別のことを尋ねる。

「……毎日そうやって腕に電話番号書いてるの？」

「もちろん。お風呂に入ると消えるから」

「そんなことするくらいだったら携帯買った方が早くない……？　それとも、何か特別な理由があって持たないとか？」

彼女は左手を下ろすと、特別じゃないけど、と前置きをして言った。

「携帯嫌いなの。機械越しに見聞きしたものなんて、すぐに忘れちゃうから」

それがすべてだとばかり彼女は口を引き結ぶ。が、僕はするりとその言葉を呑み込むことができない。むしろ記憶に残らないから機械に記録するんじゃないかな、とも思う。

釈然としなかったものの、そういうポリシーなら否定する理由もない。僕は気を取り直し、肩にかけたカバンからペンケースを取り出した。授業もないのでノート類は持っておらず、とりあえず生徒手帳の適当なページを一枚破る。

「これ、僕の電話番号。次からは電話して」

「だから、携帯持ってないんだけど」

「学校に公衆電話あるでしょ？　昇降口の所」

彼女は無言で斜め上を見る。すぐ思い当たらないのも無理はない。携帯がこれだけ普及した今、滅多に使う者もおらず埃をかぶっている代物だ。まだ公衆電話の場所を思い出そうとしている彼女に、ほとんど無理やり生徒手帳の切れ端を押しつけた。

「それより、落語の準備は進んでるの？」

「そうだった、演目を決めたの。『佃祭《つくだまつり》』にしようと思って」

僕の電話番号が書かれた紙を、彼女はシャツの胸ポケットにねじ込んだ。話をするのに夢中で、ほとんど手元を見ていない。ポケットから紙を出すのも忘れ、そのまま洗濯に出してしまいそうな勢いだ。肩を竦《すく》め、僕は本棚に視線を戻した。

「どんな話？」

「そこそこ長い話だけど、要約すると、佃祭っていうお祭りに行った男の人が、死んだと思ったら死んでなかった話。……何探してるの？」

斜め下から、不満顔の彼女がこちらを覗き込んできてぎょっとした。僕が彼女を見ないので、真面目に話を聞いていないとでも思ったらしい。

よろけるように後ろに下がり、手品の本、と答える。彼女は軽い瞬きをしてから、そうか、と頷いた。

「手品部も兼部してるって言ってたっけ」

「うん。文化祭でマジックをするから、ネタを考えないといけなくて」

「手品の本ならなんでもいいの？」

「手伝ってくれるの？」

困っている人に善意で手を貸すようなタイプには見えなかったので、早速本を探し始めた彼女に目を丸くする。彼女はこちらを見ることなく、片方の眉を吊り上げた。

「そっちの用事をとっとと片付けて、ちゃんと話を聞いてほしいだけ」

「本を探しながらでも、ちゃんと聞いてるよ」

「そういうのはちゃんとって言わないの」

彼女の中ではその辺りのルールが厳格らしい。

十分後、目当ての本を探し出したのは彼女だった。テーブルマジックをまとめた本で、多くがカードやコインなどを使って行われる手品だ。

本格的な内容ではあったが、体育館のステージでやるには規模が小さ過ぎる。右手の中のボールが左手に移った、なんて、後ろの席から見えるはずもない。

他にそれらしき本も見つけられず、僕たちはようやく図書室に並ぶテーブル席に腰を落ち着けた。

彼女はごそごそとカバンを漁ると、中から一冊の本と音楽プレイヤーを取り出した。

まずはこっち、と彼女が差し出した本のタイトルは、『三ヶ月で一席できる！　アマチュア落語入門』だ。パラパラとめくってみた感じ、文字が大きく、イラストも多いので読みやすい。ついでに具体的な練習方法が書かれていて、素人には心強い内容だ。

本の冒頭には、『まずは演目を決めましょう』と書かれている。もっともだ。

「もう演目は決まったんだよね？　なんだっけ、つくだ……？」

「佃祭。ＣＤのデータ落としてきたから、聞いてみて」

「落語のＣＤなんてあるんだ。何分くらいの話？」

「三十分」

ぎょっとして、受け取ったばかりのプレイヤーを落としそうになった。

落語なんて十分や十五分程度で終わものかと思っていたのだが、どうやら違うらしい。

彼女によると、長い物なら一時間を超える大作もあるそうだ。

「……とりあえず、あらすじ聞かせてもらっていい？」

時間短縮のために提案すると、彼女はすんなり概要を話してくれた。

物語の前半は、佃祭に向かった小間物問屋の主人、次郎兵衛《じろべえ》の視点で進む。

祭りも終わり、帰りの船に乗ろうとした次郎兵衛だが、見知らぬ女性に袖を引かれて最後の船を逃してしまう。直後その船が難破して、次郎兵衛は自分が命拾いしたことを知る。

女性は、以前川に身投げをしようとしたところを次郎兵衛に止められたことがあるらしい。ぜひお礼がしたいと乞われ、次郎兵衛は女性の家で歓待を受ける。

そうとは知らない次郎兵衛の家族は、普段は真面目な主人が帰ってこないと大騒ぎ。そのうち佃祭から帰ってくる船が沈んだと知らされ、家族は卒倒寸前だ。

そこで登場するのが長屋の人々。次郎兵衛が死んだと勘違いして、悔やみに行こうとぞろぞろ小間物問屋を訪れる。だが誰ひとりまともな悔やみを言える者がおらず、神妙なはずの場面はめちゃくちゃになる。

そこにひょっこり次郎兵衛が帰ってきて、ああよかった、という話らしい。

一通り話を聞いて、僕は小さく首を傾げてしまった。その様子を目ざとく見つけた彼女が、テーブルの向こうから身を乗り出してくる。

「何？　何か気になることでもある？」

「いや……落語ってオチでどっかんどっかん笑わせるイメージがあったから、その話で笑えるのかなって……」

ふと見ると、彼女がにこりともせず僕を凝視していた。たちまち僕の背筋は伸びて、彼女に向かって頭が垂れる。

「ごめんなさい、けなしたわけではないです」

「謝らなくていいから。最後のオチは爆笑できるようなものじゃないし」

おっかなびっくり顔を上げる。真正面から僕を見据える彼女は、別に怒っているわけではないらしい。にもかかわらず、彼女はなかなか僕から目を逸らそうとしない。

こんなとき、僕は彼女に自分の一挙一動を観察されている気分になって落ち着かなくなる。居心地悪く肩を竦めると、ようやく彼女が僕から視線を外した。

「この話の肝は、最後のオチじゃないの。最大の聞かせどころはもう少し前。その場面で観客は笑うんじゃなくて、泣くの」

テーブルの上に置き去りにされていた音楽プレイヤーを手に取り、彼女は片方のイヤホンを自分の耳に入れた。

落語と言えば笑える話、と思い込んでいた僕は腑に落ちない。プレイヤーを操作する彼女に説明を求めようとしたら、もう片方のイヤホンが目の前に突き出された。

「泣けるシーンだけ聞いてみて。そんなに長くないから」

彼女に促され、僕はイヤホンを耳につける。該当の部分まで早送りしてくれたようだ。イヤホンの奥から、どっと大勢の人が笑う声が流れてきた。舞台の音をそのまま録音したものらしい。古い音源なのか、落語家だろう男性の声は少しばかりひずんでいる。

場面は長屋の面々が小間物問屋に悔やみに行こうとしているところだ。住人同士の掛け合いがテンポよく続く。意外と早口だが、きちんと内容は頭に入ってきた。

落語に対して古めかしいイメージを抱いていた僕は、漠然《ばくぜん》と演歌のようなどっしりした語りを想像していたのだが、これはむしろラップの軽快さに近い。落語家のシャキシャキとした言葉で会話が淀みなく流れていく。

しばらくすると、「与太《よた》、いるか?」という呼びかけの後、「あーらーらー」と、やけに子供じみて舌っ足らずな声が聞こえてきた。

長屋の住人達とは明らかに声色が違う。与太郎という人物らしい。一瞬子供かと思ったが、それにしては声が太い。与太郎と住人の会話を聞きながら、ちょっと間の抜けた人物らしい、と見当をつける。

落語家の声だけでいろいろな情報が入ってくる。当たり前のように聞き流してしまいそうになったが、よく考えたら凄いことだ。落語家はたったひとりで、声色や口調を変え、何人もの登場人物を演じ分けている。

先程現れた与太郎は無知な青年であるらしい。「亡くなる」と「無くなる」を混同し、「悔やみ」と「嫌み」を間違えている。子供っぽい口調のせいか、何度間違いを繰り返しても憎めない。客席の笑い声も温かく、愛すべきうっかり者のようだ。

与太郎に見本を見せるべく先に悔やみを述べた者たちは、適切な言葉が出てこなかったり、話が脇に逸れてしまったりして軒並み上手くいかない。与太郎などはなおさらだろうと、長屋の人々は「余計なこと言うなよ」と与太郎に釘を刺して家族の前に送り出す。

与太郎は、最初こそ子供のような無邪気さで、「亡くなる」と「無くなる」を間違えたと明かし、長屋の住人に次郎兵衛が何回亡くなったのか尋ねて「一回に決まってんだろ!」と怒られたと告げ、「嫌みじゃなくて悔やみだ」とまた怒られたことを口にする。

そして突然沈黙し、言うのだ。

「次郎兵衛さん、死んじゃったの?」と。

たった今それを理解した、とでも言いたげな、ぽかんとした声だった。「なんで死んじゃったの?」と重ねて問う声が弱々しく掠《かす》れ、たちまち与太郎の声に涙が滲む。

次郎兵衛が好きだった、と与太郎は言う。皆は自分のことを馬鹿だ、馬鹿だと言うが、次郎兵衛だけは「与太さんはそれでいいんだよ」と言ってくれたから、と。

それでいい、というセリフは、次郎兵衛が与太郎にかけた言葉をそのまま切り取ったように優しい響きを伴って、耐えきれなくなったように与太郎は激しく嗚咽《おえつ》する。

どうして死んじゃったの、と泣く与太郎の声は悲痛だ。なりふり構わず、嫌だ、嫌だと繰り返す。

次郎兵衛さん、死んじゃ嫌だ、返しておくれ、返して、嫌だ。

あたいは嫌だ——。

こんな胸を絞るような泣き方があるのかと、思わず息を詰めて聞き入ってしまった。

水を打ったように静まり返る劇場が見えるようだ。録音器の、さーっという血の巡りに似たノイズの音しか聞こえない。

そこでまた、落語家ががらりと口調を変えた。長屋の住人の口調に戻り、「与太郎が一番上手いじゃねぇか」と言って、観客がどっと笑う。

僕も一緒になって詰めていた息を吐き出す。期せずして、それは小さな笑い声になった。

「どう？　この話」

それまでじっと僕の反応を見守っていた彼女が、向かいの席からずいっと身を乗り出してきた。

「これ、佃祭っていう話なんだけど、与太郎がこんなふうにわんわん泣くパターンって珍しいの。全然泣ける要素とか入ってこない流れの方が多いくらい」

彼女曰く、同じタイトルの話でも、落語家によって細かな部分にアレンジが加えられることは珍しくないらしい。

「でもこの話、三十分もかかるのが問題で」

溜息をつきながら、彼女は僕が手にしている『三ヶ月で一席できる！　アマチュア落語入門』を指さした。

「この本、三ヶ月で十五分くらいの話を習得することを想定してるの。それぐらいならできますよって感じで。だとしたら、たった二ヶ月で三十分の話を覚えるのって、相当無謀なのかなって……」

「……それ以前に、本当に落語なんてできるの？」

不意を衝《つ》くように彼女に尋ねる。途端に彼女の表情が変わった。わずかに怯んだような顔だ。

初めてＣＤを聞いて、僕はつくづく思った。落語は話芸だ。

小道具も背景も使わずに、たったひとりで老若男女問わず演じ分けなければいけない。本人の演技力がすべてで、ごまかしが利かない。

その上三十分近く喋り通しだ。体力もいる。彼女の言う通り、三十分にも及ぶ長文を暗記する必要もある。

「文化祭まであと二ヶ月切ってるけど、本当にできる？」

本のタイトルには『三ヶ月で一席できる！』なんてあるが、この時点で一ヶ月も足りない。ゆらゆらと視線を揺らす彼女に、駄目押しとばかり僕は続けた。

「やっぱり、素人が一から準備するには時間が足りないんじゃないかな……。だったら、今から来年の文化祭に向けて準備した方がいいんじゃ……？」

これで彼女が諦めてくれれば万々歳。僕の仕事がひとつ減る。

そう思ったのだが、やはり彼女は一筋縄《ひとすじなわ》ではいかなかった。

不安定に揺れていた瞳が止まったと思ったら、彼女はぎらりと僕を睨みつけて力強く宣言した。

「たとえ無理でもやってみせる。絶対に！」

ネガティブな言葉をかけたのは逆効果だったか。彼女はむしろやる気を煽《あお》られた様子で、僕を睨んだまま低い声で言い添える。

「……絶対貴方の言いなりにはならないから」

怒らせてしまったようだ。

怒りっぽい、というより、彼女は初対面のときからこんな具合で、僕に敵対心のようなものをぶつけてくる。知らない間に何か恨みを買うようなことでもしてしまったのだろうか。

とりあえず彼女の怒りを鎮めようと、僕は協力者の立場を取り繕う。

「……盛り上がるシーンだけ切り取って、十五分に縮めちゃえばいいんじゃない？」

完全なる思いつきだったが、途端に彼女の目の形が変わった。眦《まなじり》を上げた逆三角形が、角のとれた丸になる。

「盛り上がるところっていうと……お悔やみのシーンだけやるってこと？　でもそのシーン、話の本筋とはあんまり関係ないんだけど……」

「だったら前半の船を乗り過ごすシーンをざっくり要約しちゃうとか。さっき僕に話したみたいな調子で、ささっと概要だけ話せば五分もかからないでしょ？」

難しい顔で彼女が腕を組む。しばらく煩悶したように低く唸っていたが、黙り込む時間は短い。やがて決心がついたのか、うん、と頷いて顔を上げた。

「やってみる」

「さすが。話が早い」

彼女のこういうところは、素直に賞賛に値する。三十分もダラダラと話し合った挙句、何ひとつ決まらなかった手品部の部会とは雲泥《うんでい》の差だ。

僕は再び本に視線を落とし、第一章と書かれたページをめくった。

「話が決まったら、次は原稿を作らないといけないね」

「原稿？　自分で作るの？」

テーブルの向こうから彼女が身を乗り出してくる。聞けばこの一週間は舞台の上でどの話を演じるか決めるのに忙しく、本は斜め読み程度にしか読んでいないらしい。

「まずはＣＤを聞きながら、紙にセリフを書き出していくらしいよ」

「……ネットで探せば原稿ぐらいどこかに落ちてるんじゃない？」

「何度も巻き戻しながら繰り返し聞いたり、文字で書いたりするうちに多少覚えられるから、暗記するとき少し楽になるってさ」

本に書いてあることをそのまま読み上げると、彼女も渋々納得してくれたようだ。音楽プレイヤーを手元に引き寄せ、早速カバンからルーズリーフを取り出した。

「……ちょっとやってみる」

真剣な表情でシャーペンを握った彼女が、ルーズリーフの一点を見詰める。彼女が耳に挿したイヤホンからうっすらと出囃子《でばやし》の音が漏れてきて、ささっと彼女のペンが動いた。

最初の文字は『えー』。喋り始める前の素振りみたいな言葉までちゃんと書くのか、と見守っていたのだが。

『えー、一杯のお客さまでございましてありがたいかぎりでご』

「無理無理無理！」

几帳面な文字が一瞬でガタガタと崩れ、ルーズリーフが一行も埋まらぬうちに彼女はペンを放り出した。

「速い！　無理！　できる気がしない！」

「だからほら、繰り返し聞かないと」

声を荒らげる彼女に、僕は「がんばれ」とありきたりな声援を送る。

言葉とは裏腹に、根気のいりそうな作業に彼女が早々に音を上げてくれることを密かに祈った。それが伝わったのかは知らないが、彼女はじろりと僕を睨み、また最初から佃祭を聞き始めた。

ほとんどひらがなばかりの字で、彼女は黙々と落語家の言葉を紙に書き出す。単語が二つ三つ拾えればいい方で、すぐにまた巻き戻し、聞き取れなかったのか一文字も書けないまま、また巻き戻す。

遅々《ちち》として進まない作業をなんとなく見守っていたら、ふいに彼女が顔を上げた。

「ごめん、暇だよね。次までに原稿作っておくから、今日はもういいよ」

図書室の窓から射し込む光が、彼女の顔を横から照らす。光の中でゆっくりと埃が上下して、サイダーの底からふつふつと上がる泡のようだと思った。

冴え冴えと青い夏空を背にした彼女の第一印象は鮮烈で、僕はまたサイダーの底に沈んでいくビー玉を思い描く。

僕はしばらくその顔に見惚《みと》れていたが、不思議そうな彼女の目顔に気づき、慌てて席を立った。

「わかった、じゃあ、また……。あの、今度こそ携帯に連絡してくれていいから」

「うん。多分しないと思うけど」

悪びれもせず断言する彼女に力ない笑みを返し、僕は図書室を後にする。

図書室前の長い廊下には、窓から射し込む光が四角く並んでいた。その光を踏んで歩きながら、僕はまた父の話を思い出した。真夏の日差しも届かない、地中深くにある冷たい土の話だ。

冷えて固まった黒い土に、ぽんとビー玉を落とす様を想像する。黒い土と硬いビー玉が弾け、凍《こご》えて高い音がする。

来年からは夏が来るたび、父の話と一緒に彼女のことを思い出しそうだ、と思った。

熱く乾いたコンクリートに、蟬《せみ》の鳴き声が反響する。

学校は敷地をぐるりと桜の木に囲まれていて、青々と茂る葉の陰にでも潜んでいるのか、校門をくぐると蟬の声が一層大きくなった。

校舎に入ると、日差しが遮られたせいばかりでなく空気がひやりとした。昇降口のコンクリートは、季節を問わず生徒たちの熱気を吸い取っていく。

顎を伝う汗を拭い下駄箱から上履きを出すと、背後で明るい声がした。

「モモせんぱーい、おはようございます！」

振り返ると、一年生の下駄箱から見知った顔が手を振っていた。生物部の後輩、田宮《たみや》だ。

田宮は上履きの踵《かかと》を踏んで、慌ただしくこちらに駆けてくる。

妹を彷彿《ほうふつ》とさせるどたばたした動きにはらはらして、僕は上履きに足を入れるのも忘れて田宮を待った。昨日の夜、同じようにリビングを飛び回っていた妹が、転んで鼻血を出していたからだ。

妹とは違い転ばずに僕のもとまでやって来た田宮が、僕を見上げて邪気なく笑う。

「先輩もこれから生物部ですよね？」

「うん、昨日部長からメールが来たからね。今日は何をするんだって？」

「先月合宿で写真撮ってきた高山植物の名前調べです。文化祭で展示するんで、植物の名前を同定しなくちゃいけなくて」

「僕も呼ばれたってことは、手伝えってことだよね？」

「そうしてもらえるとありがたいっす！」

というより、そもそもそのつもりだったのだろう。

嫌だ、と言えないのはいつものことだが、せめて嫌みのひとつも言ってやりたい。だが、平均より背の低い田宮がにこにこ笑っているのを見ると、いつもの悪癖とは関係なく余計な言葉は引っ込んでしまう。高校生のくせに小学生じみた無邪気な振る舞いが、妹を連想させるせいかもしれない。

苦笑を漏らすにとどめ、僕はポケットから携帯を取り出す。生物室に向かいながらメールを送っていると、すぐさま田宮が僕の手元を覗き込んできた。

「何してるんですか？　ゲーム？」

「違うよ、業務連絡」

暇さえあれば携帯ゲームをしている田宮は、露骨にがっかりした顔で僕から離れる。一拍おいてから、「業務連絡」、と不思議そうな顔で田宮が繰り返すので、「文芸部の原稿進《しん》捗《ちょく》伺い」と言い添えた。

「モモ先輩、文芸部にも入ってたんですか」

「名前を貸してるだけだけどね」

「それなのに原稿の進み具合とかチェックしてるんですか？」

「文芸部の部長が、文化祭で劇をやるんだって。そのキャストに選ばれたとかで、代わりに僕が……」

ははぁ、と田宮は納得顔になる。どこに行っても僕が仕事を押しつけられるのは、下級生の田宮から見ても明白らしい。

文芸部は、毎年文化祭で部誌を発行する。僕を除いて四名いる部員が夏休み中に小説を書き上げ、それを冊子にまとめるのだそうだ。部員たちは執筆に忙しく、休み中は学校に来ている暇がない。そこで僕が垂れ幕を担当することになった。

垂れ幕とは、各団体の催しの内容を模造紙《もぞうし》に書き、文化祭当日、昇降口から職員室前の廊下に一斉に張り出すポスターのようなものだ。模造紙は天井から床まで届く長さで、紙の裏に回り込んでしまえば僕の体を完全に隠すくらいの幅もある。

素っ気ないものだと開催場所と内容だけ書いてお終いだが、多くはイラストなどを添えるので華やかな仕上がりになる。それらが長い廊下にずらりと並ぶ様は壮観で、一般客からは毎年好評なのだそうだ。これを書き上げるのは結構な手間なのだが、文芸部で他に手の空いている部員がいないのなら仕方がない。ここまでは僕も納得した。

だが一週間前、先ほど田宮に言ったとおりの理由で、部長の斉藤《さいとう》から原稿の進捗確認まで押しつけられてしまった。

お前も小説を書いてくれ、と無茶なことを言われるよりはましだと頷いたものの、よく考えたら僕は文芸部に入部する際、斉藤から「名前だけ貸してくれればいいから！　モモには絶対迷惑かけないから！」と言われていたのだった。

あの約束はなんだったのかと、若干遠い目になったのは否めない。

八月に入って、夏休みは残り一ヶ月を切っている。僕は三日に一度メールを送っているが、文芸部のメンバーからの返信は一度もない。部長の斉藤すらスルーだ。

斉藤の予定では八月の半ばに原稿が揃い、後半は製本作業に入るとのことだったが、この調子では八月中に原稿が揃うかも危うい。そうなれば、僕も製本作業に駆り出されるのは必至だ。

自然と足取りが重くなり、田宮より半歩遅れて生物室に辿り着いた。

生物室前の廊下には、ずらりと水槽が並んでいる。蟹《かに》やらメダカやら、変わったところではウーパールーパーなども飼育されている。

「そういえば、文化祭の前に水槽の掃除もしておこうって先生が言ってました」

「ああ……水全部抜いて、砂利も洗って……結構大変だよね」

「ですよねー」

にこにこ笑って田宮が僕を見上げる。言明はしなかったが、先輩も手伝ってくれますよね、と、信頼に満ちた目で僕を見る。これもやるしかないようだと、僕は肩を落とした。

生物室にはすでに他のメンバーが揃っていた。田宮が合流して一年生が四人。それに僕を加えてぎりぎり五人。僕は名前を貸しているだけなので、実質生物部には一年生しかいないことになる。

　今年の春、入部早々顧問から部員が足りないと告げられた一年生たちは、必死で新たな部員を探したらしい。

　ウーパールーパーに触ってみたい、とか、授業で行うより早く解剖《かいぼう》をやってみたい、とか、自宅で増え過ぎたハムスターを引き取ってほしい、とか、入部の理由は様々だったが、一年生たちには生物部を存続させるべく奔走する理由があったのだ。

　そこで目をつけられたのが、僕である。

　不運だったとしか言いようがない。生物の授業の後、出来心で廊下に並んだ水槽の沢蟹《さわがに》を眺めていたら、後ろから田宮に声をかけられた。「蟹に興味ありますか？」と。

　あとはごり押しで生物部に引っ張り込まれた。いつものパターンだ。蟹に興味などなかったのに。軽率に水槽の前で足を止めたあの日の自分を殴りたい。

　生物室に入ると、先に来ていた一年生たちが一斉に挨拶をしてくれた。

　生物室には、四人掛けの黒い机が等間隔に並んでいる。一年生たちはそのひとつに陣取り、早速写真を広げていた。横には何冊もの植物図鑑が積み上げられている。

　写真の山から一枚取り上げてみる。ピンクの猫じゃらしのような花が写っていた。同じ花を別の角度から撮った写真も数枚ある。写真の枚数ほど草花の種類は多くなさそうだが、それにしても枚数が尋常でない。

「……何枚撮ってきたの、これ」

「わかんないっす。先生が目についた花とか草とか、片っ端から撮ってたんで」

「新しいカメラが嬉しかったみたいで、鳥の写真も撮ってましたよ。一応展示します？」

「……じゃあ、鳥類図鑑も必要だね」

「あ！　あとで俺、図書室から持ってきます！」

田宮が元気よく手を挙げる。ありがたいことにやる気はあるらしい。

この調子なら生物部の仕事はすぐ片が付きそうだ。と思ったが、淡い期待はすぐに溶けた。

作業開始から二時間後。気がつけば、写真と図鑑を広げた机に座っているのは僕だけで、一年生四人は実験器具などを洗う洗い場を挟んだ隣の机で、携帯ゲームに興じていた。

僕は何度も仕事をしようと促したが、そのたびに田宮が満面の笑みで「先輩も一緒にやりましょうよ！」とゲームに誘ってくる。屈託のないその笑顔には、夏休みはまだまだあるのだからという気安さが浮き出ているようだ。

確かに夏休みはあと一ヶ月近くある。だが確実に一ヶ月は切っていて、僕まで一緒に遊びほうけたら、休みが明けてから地獄を見るのは確実だ。

ただでさえ文芸部の製本作業がほぼ確定で待ち受けているのに、これ以上休み明けに仕事を持ち越したくない。僕は黙々と図鑑のページをめくる。

植物の知識が乏しい僕は、葉のつき方や形状を見たところで何々科だとか何々目だとか見当もつかないので、手あたり次第図鑑をめくる。同じ図鑑を十回も二十回も頭からめくり直すうちに、そういえば生物部は垂れ幕も作っていないんだな、と余計なことが頭に浮かんだ。芋づる式に、手品部もまだ出し物が決まっていないことを思い出して気が重くなる。

堀先輩はステージの上で大掛かりなマジックをやりたいらしいが、そうとなれば練習期間も必要だ。ならば早くネタを決めようといくつか候補をメールで送ったが、まだ先輩のお眼鏡に適《かな》ったものはない。

そして、非公式ながら彼女の件もある。

先週、僕が渡り廊下で文芸部の垂れ幕を書いていたら、またしても彼女がやってきた。そのときも彼女は携帯を使わず、自力で僕を見つけ出し、出来たばかりの原稿を突きつけてきたのだ。

渡り廊下に射す容赦のない日差しの下で見た原稿を思い出し、僕は重苦しい溜息をついた。

佃祭をやると決めてからまだ一週間しか経っていなかったのに、彼女はきっちり原稿を仕上げていた。

何度も消しゴムで消した跡や、文字が掠れた部分を見るに、原稿作りは相当に難航したらしい。その上、「えー、そいでですね」だとか「これがまぁ、なんといいますか」だとか、一見省いてもよさそうな言葉までひとつ残らず書き起こしたことが知れ、すぐには言葉が出なかった。

佃祭は三十分ほどの話だと彼女は言っていた。

それだけの言葉を、彼女は漏らさず文字に起こしたのだ。自分の耳だけを頼りに。

一体どれほどの労力を費やしたのだろう。学校の図書室でちらりと見たときは、鉛筆を持ってはすぐ巻き戻し、数文字も書かぬうちにまた巻き戻すという、気の遠くなるような作業を繰り返していたが。

あれと同じことを、一週間こつこつと続けたということか。

息を吞むしかない僕を、彼女はじっと見ていた。そこには何某《なにがし》かの達成感もなければ、賞賛の言葉をほしがる無邪気さもない。

当然やるべきことをやった、という顔だった。この先にまだ、やるべきことが山ほどあることを覚悟している顔でもあった。

知らず、喉が鳴った。文化祭当日までに彼女が落語を諦めることなどないのではないか、そんな危惧が初めて頭を掠めた。

いつの間にか、僕はパラパラと図鑑をめくる動作を繰り返すだけで、その中身を見ることを忘れている。

彼女の落語、文芸部の原稿、生物部の展示、そして手品部の舞台。

懸念はもろもろあるのだが、やはり一番まずいのは手品部だろうか。

彼女の件も気にはなるが、まだ実現するかどうか未確定な部分も多い。それよりは、すでにステージに上がることが確定している手品部の方が問題だ。

体育館を埋める観客を前に、見栄えのしない地味なマジックを練習不足で披露するのは避けたい。客の冷たい視線と白けた空気を想像するだけで、みぞおちの辺りが固く冷たくなっていく。

胃の腑にわだかまる不快感をやり過ごそうと深呼吸を繰り返していたら、唐突に胃が痙攣した。

ぎょっとしてシャツの上から胃の辺りに触れる。掌にはどんな動きも伝わってこないが、皮膚の下でもだえるように胃がよじれているのがわかる。

吐きそうだ。が、朝食を食べていないのでろくなものは出ないだろう。最近めっきり食欲が落ちた。夏バテだろうか。喉の奥から生ぬるいものが這い上がってくる。

本格的にまずい。席を立とうとしたとき、生物室の扉が勢いよく開いた。

真昼に落ちた落雷のように鋭く耳を裂いたその音に、喉元までせり上がっていた吐き気が引っ込んだ。扉の方を見た途端、驚きが不快に勝って本格的に吐き気が遠ざかる。

僕だけでなく、田宮たちも驚いた顔で同じ方を見ている。現れたのは、もう顔見知りと言っても差し支えないだろう、彼女だ。

彼女はざっと室内を見回し、僕を見つけると大股でこちらにやって来た。立ち止まるや肩から下げていたカバンを乱暴に机の上に置く。その風圧で、山と積まれた写真の一部がざらりと崩れた。

「ねえ、貴方どうしていつも決まった場所にいないの？　この前は図書室で、その次が渡り廊下で、今回は生物室とか……危うく諦めて帰るところだったじゃない」

「怒るくらいだったら、そろそろちゃんと待ち合わせ場所決めようよ」

また胃袋が痙攣を始めないよう、そっとみぞおちをさすって答える。もしくは電話でもしてくれればいい。一応携帯を確認してみたが、案の定着信履歴はなかった。

隣の机に座る一年生たちは、机と机を隔てる蛇口の陰からこっそり彼女の様子を窺っている。彼女がちょっと見ない美人だから、気になるのだろう。

当の彼女は不躾な他人の視線には慣れっこなのか、一年生には目もくれず僕の向かいに腰を下ろした。机の上に散らばった写真を一枚取り上げ、目を眇める。

「……なんの写真？」

「生物部が夏合宿で撮ってきた高山植物」

彼女は意外そうな顔で写真から顔を上げた。

「生物部も合宿なんてあるの？」

「うん、夏休みが始まってすぐ。僕は行ってないけど」

「行ってないの？　貴方だけ？」

「僕は廃部にならないように名前を貸してるだけだから」

それに合宿は二泊三日だ。そんなに長いこと家を空けたら妹に泣かれる。

彼女は写真を指の間に挟み、ふぅん、と鼻先で返事をした。

「で、今は何をしてるわけ？」

「文化祭で写真を展示するから、その準備。写ってる草花の名前を図鑑で調べてる」

「生物部に名前を貸してるだけの貴方が、そんなことまでするわけ？」

彼女の声に、ぴりっとした苛立ちのようなものが混ざる。

それまで綺麗に回っていた駒の軸がずれたように、彼女の機嫌が急速に傾いたのがわかった。

僕はなんと答えればいいかわからず、助けを求めて田宮たちに視線を向ける。だが彼らはもうゲームの世界に戻っていて、僕たちの会話に耳を傾けていないようだ。

何が彼女の気に障ったのかわからず、僕は角の丸くなった図鑑の縁を弱り顔で撫でた。

「……人手が足りないって言うから」

「あっちではゲームしてるみたいだけど？」

彼女が切れ長の目で隣の机を睨む。その視線に気づいたのか、それとも今まで素知らぬ顔で僕たちの会話に耳をそばだてていたのか、田宮が笑顔でパッと顔を上げた。

「今ちょっと休憩中でーす」

まるで彼女が来るまでは作業に従事していたような言い草だが、図書室から鳥類図鑑を持ってくる以外、田宮が仕事らしい仕事をしていないことを僕は知っている。

僕は口元に苦笑を浮かべ、「いつまで休憩なんだよ」と言おうとしたが、目の前で彼女が席を立つ方が早かった。

生物室の大きな窓を背に、無言で田宮の後ろに立った彼女は、一年生四人が携帯から顔を上げるまで一言も発しなかった。

背後から漂う尋常ならざる張り詰めた空気に気づいたのか、田宮が彼女を振り返る。その隣の一年生もそれに倣《なら》い、向かいの二人も顔を上げたとき、ようやく彼女が口を開いた。

それは僕も聞いたことがなかった、ちょっとびっくりするほど低い声だ。

「先輩に名前を貸してもらったおかげで部が存続したっていうのに、その先輩に仕事押しつけて、自分たちは遊んでるってどういう了見《りょうけん》？」

田宮と他の一年生は、それきり手元の携帯に視線を戻せなくなった。

彼女が特別大きな声を出したわけではない。むしろ口調は静かで、ゆっくりしていた。表情だって、眉も寄せず、目も吊り上げず、むしろ無表情に近かったが、その分彼女が怒りを抑え込んでいるのがわかって、僕ですら喉を鳴らした。

だだっ広い生物室に、田宮たちの携帯から漏れるゲームの音楽が頼りなく響く。

一年生四人は、視線だけで互いに何か伝え合おうとしているらしい。まず田宮がいつもの調子で笑みを浮かべたが、彼女に一睨みされるとすぐにそれは剝がれ落ち、いつになく殊勝な声で「すみません」と言った。

その瞬間、僕の胸に淀んでいた重たい空気が、ふっと空気に溶けた。

あれほど深呼吸を繰り返しても吐き出せなかったものが、一時だが綺麗に消え、呼吸が深く、楽になる。

窓を背にして立つ彼女の背後には、今日も青空が広がっている。彼女の白いシャツと白い肌が空の青さを吸い込んで、夏空を内側に閉じ込めたビー玉のような姿に、僕は何度でも目を奪われる。

僕が言いたくて、でもなかなか言い出せなかったことを躊躇《ちゅうちょ》なく口にする彼女に、言葉まで奪われた。

凜々《りり》しい彼女の横顔に見惚《みと》れていたら、急に彼女がこちらを向いた。田宮たちに向けたのと同じ目で僕を睨んだ彼女は、机に置いていた自分のカバンを乱暴に摑む。

「立って。今度は貴方が休憩する番でしょ」

鋭い口調で彼女に言われ、僕もあたふたと立ち上がる。田宮たちに視線を向けると、

「行ってください！」とばかり四人が一斉に頷いた。

　廊下へ出た彼女を慌てて追いかけ、一応四人に片手を立ててから外へ出た。彼女は肩越しに僕を振り返ると、「先に一組に行ってて」と告げ、ひとり昇降口へ向かった。

　僕は言われるままに彼女のクラスである一組へ向かう。今日は特にクラスで集まる予定もないのか教室は無人で、僕は窓際の席に適当に腰を下ろして彼女を待った。

　五分後、現れた彼女は両手にペットボトルのサイダーを持っていた。学校の近くの自動販売機で買ってきたらしい。片方を僕に差し出してくる。

「顔色悪いから飲んだ方がいい、絶対」

　言われてようやく、みぞおちの柔らかい部分に重苦しさが残っていることに気がついた。

「ありがとう、わざわざ……。あ、お金」

「いらない。ついでに買っただけだし」

　彼女は僕の隣の席に腰を下ろすと、カバンの中からフリスクを取り出した。ケースをスライドさせ、手の上に小さなタブレットを二つ転がす。それを口の中に放り込むと、ほとんどノータイムでサイダーを喉に流し込む。

　またしても、彼女はタブレットを噛み砕かずに飲み込んだ。僕が知らないだけで、フリスクは噛まずに丸呑みした方が息さわやかになるのだろうか。

　何にせよ、流行に敏感な女子のやることに口を出すのは野暮のすることだ。そんなことも知らないのかと軽蔑されても困る。彼女の不可解な行動には目をつぶり、ペットボトルの蓋《ひね》を捻った。

ボトルにうっすらと汗をかいているサイダーを一口呷《あお》ると、すっと胸が軽くなった。鼻から甘い匂いが抜けて、知らず大きな息を吐く。

喉の奥で、まだ炭酸を保ったままのサイダーがぱちぱちと音を立てた。その音は背中にまで響いて、肩甲骨の辺りを塗り固めていた重たいものが、音に合わせてパラパラと砕けて落ちる。

長い息を吐ききると、僕はもう一度彼女に礼を述べた。

「ありがとう。後輩に言いにくいこと言ってくれて。なんかこう……すかっとした」

「言いにくくないでしょ。むしろ先輩として言わないと駄目でしょ」

ぶっきらぼうに言って、彼女はぐいぐいサイダーを飲む。僕はそれを眺め、そうだね、と笑った。

「でも、君が言う筋合いもなかったのに」

「筋違いで他人に手を貸してるのはそっちじゃない」

「僕は流されてるだけだから」

何か信念があって他人を助けているわけではない。ふわふわと頼りない浮草のようなものだ。

対する彼女は、流れに真っ向から立ち向かっているように見える。他人と対立するのはしんどいだろうと思う反面、少しだけ、うらやましいような気もした。だから。

「なんか、惚れ惚れした」

男らしくて、凜々しくて、と続けようとして、これは女の子に対して使う言葉じゃないな、と思い直す。

喉元まで上がっていた言葉をサイダーで押し戻した僕は、彼女が不自然なポーズでペットボトルを止めていることに気づいた。

飲み口を顎先に向けたまま、無言で彼女が瞳を揺らしている。返す言葉を探しているのか、唇まで一緒に小さく動いていた。

「どうしたの？」

具合が悪いのは彼女の方では、とその顔を覗き込んだら、いきなり彼女がこちらに顔を振り向けた。

「別に！　貴方が後輩にいいように使われてるから、イライラしただけ！」

「そ、そうですか」

「それより練習してきたから、聞いて！」

彼女は乱暴にペットボトルの蓋を閉めると、叩きつけるようにそれを机に置く。衝撃でペットボトルの底から無数の泡が立ち上り、次に蓋を開けるときは慎重にならないと大惨事になりそうだ。心配顔の僕には目もくれずカバンから原稿を取り出す彼女は、やはり少し取り乱しているらしい。

彼女は原稿を両手で持つと、椅子に浅く座り直した。呼吸を整えるように深呼吸をして、大きな声で佃祭を読み始める。

教室に彼女の声が響く。滑舌《かつぜつ》は悪くない。声も大きい。その点はいいのだが、残念なことに彼女の語りは一本調子で、間《ま》や抑揚《よくよう》がほとんどない。現国の授業で教師に指名された生徒が教科書を読み上げるのと大差なかった。

それに、思ったよりも早口だ。ついでに結構つっかえる。現代社会では使わない言い回しが多いので、読みにくいのだろう。

頑張っている彼女には悪いが、これでは落語ではなく、ただの音読だ。演技らしいものも多少は感じられるが、登場人物の感情はおろか、複数いる人物の誰が喋っているのかすら伝わらない。

彼女が喋っていたのは十分程だろうか。「ノリ屋の婆さん、お前じきだなぁ？　どうだもらっといちゃ」と言って言葉を切った彼女に、僕は控えめな拍手を送った。

「どうだった？」

彼女は僕の拍手など耳に入っていない様子で、真剣に尋ねてくる。

驚いたことに、彼女は軽く息を乱していた。座って原稿を読んでいただけなのに、思った以上に体力を使うものらしい。

途端に「いいんじゃない？」なんて適当な言葉でお茶を濁すことができなくなった。彼女の本気が透けて見えるだけに、こちらも本気で返すべきだと思い直す。

だからと言ってズバリ下手だとは告げられず、迷った挙げ句、絞り出すように答えた。

「まだまだ、練習が必要だと思います……」

「それはわかってる。他に何か気になる点があったら言って」

僕の反応など見越していたのか、彼女は落胆する様子もなくカバンから本を取りだした。表紙に見覚えがある。『三ヶ月で一席できる』あれだ。

本によると、原稿を作ったら今度は、ＣＤなどの音源に合わせて原稿を読む練習を始めるらしい。繰り返し耳で聞きながら原稿を読むことで、プロの落語家の間合いや抑揚を覚えていくのだそうだ。

「最初に携帯とかで自分の落語を録音しておくのもいいって書いてあるよ。一週間ごとに聞き直すと、上達具合がわかって自信につながるし、モチベーションも上がるって」

僕は該当のページを開いてみせたが、彼女は今ひとつ気乗りしない顔だ。

携帯を持っていない彼女に代わり、撮ろうか？　と提案してみたが、返ってきたのは眉間に深い皺《しわ》を刻んだ拒絶の表情だった。あからさまな不満顔にたじろいで、僕は取り出した携帯を起動することも、しまうこともできない。

おろおろする僕を見かねたのか、彼女が引き結んだ唇を緩めて溜息をついた。

「記録に残るの、嫌いなの」

溜息と共に吐き出された彼女の言葉は、平素の高く澄んだ声とは違い、わずかな憂いに曇っていた。

「記憶に残るのならいいの。でも携帯とかで記録してると、皆安心してよそ見するでしょ。後でちゃんと見返せばいいや、なんて言いながら、結局見もしないでデータだけたまってくでしょ？　それが嫌なの。私はいつも、目の前にいる私のことを見てほしいのに」

黒く潤《うる》んだ彼女の目に、窓の形に切り取られた空の青さが映り込んだ。僕は彼女の小さな目の中に、吞み込まれるほど深い空を見て言葉が飛ぶ。

見て、と突きつけるように告げる彼女の声で、我に返った。

「撮らずに見ていて。貴方が見て」

他人に何かを命じられたり、求められたりしたとき、嫌だと言えないのはいつものことだ。言おうとすると、喉の奥が絞られるようになって、苦しくなる。

けれどどうしてかこのときだけは、苦しいとも、嫌だと思うこともなく頷いていた。

「……わかった。見てる」

僕が答えても、彼女の瞳は動かない。本当に？　と問うような眼差しを受け、僕はもう一度頷いた。

「ちゃんと見てる」

電源を切った携帯の画面に青空を映したような、鮮やかに黒い彼女の瞳が僕を見返す。瞬きで艶を増した彼女の目が、一瞬だけ優しい弧を描いた。

「ありがと」

いつになく柔らかな声で彼女が礼を述べる。声の端が微かに掠れ、落語を読んでいるときには聞き取れなかった彼女の感情が声に乗った。嬉しいような、くすぐったいような気持ちが、今度はちゃんと伝わってくる。

どきりとするほど柔和な笑みを見せたのは一瞬で、彼女はすぐさま目元を引き締めると、

「早速だけど」と普段の調子で身を乗り出した。

「他に気になったことは？　だめだったところ、全部言って」

曖昧な言葉は許さないとばかり見据えられ、僕は心底実感する。褒《ほ》めるということは結構適当で、無責任で、気楽なことなのだと。

他人の欠点を指摘するのは勇気がいる。相手に嫌な顔をされるのは怖い。それでも彼女はじっと僕の答えを待っているので、観念して口を開いた。

「途中、誰が喋ってるのかよくわからないシーンがあった」

「どこ？」

「長屋の人たちが、次郎兵衛が死んだとか噂してるところ。二人以上いたと思うけど」

「わかった。そこはきちんと動きをつけてわかるようにしておく」

彼女によると、落語の最中、落語家は顔の位置を変えて登場人物を演じ分けるという。右を向いて喋っていたのが急に左を向いたら、喋っている人物が変わったということだ。これを落語の世界では、上下をつける、というらしい。

「上下だけじゃなくて、手元の動きの練習もしたほうがいいと思う。さすがに見てる方も飽きるから。それから、話の前半部分をばっさり省いてるからだろうけど始まり方が唐突過ぎるから、そこをどうにかした方がいいんじゃないかな」

「マクラの部分を考えた方がいいってことね」

マクラ、と不可思議な顔で繰り返した僕に、話の導入部のことだと彼女は教えてくれた。世間話をしてみたり、話の中に出てくる古い言葉や習慣などを説明したりするらしい。

「私もどうにかしようと思ってた。ここは完全に自分で考えないと駄目みたいだし……」

「CDにはマクラの部分は入ってないの？」

「入ってるけど、『情けは人のためならず』って言葉についての解説だから」

「……それ、佃祭の内容に関係ある？」

「省いちゃった前半部分に関係あるの。だからCDに入ってるマクラは使えない。……どうしようかな、佃祭の説明でもしようかな」

「いいんじゃない。僕も佃祭ってなんだろうって思ってた。まさか佃煮のお祭りじゃない

なだ、とも。

でしょ?」

「違う、佃島で開かれるお祭りのこと」

「それ、絶対説明しておいた方がいい」

正直ずっと佃煮のお祭りだと思っていた。昔の人はおかしなものでお祭りをするものだな、とも。

「わかった。じゃあ次までにマクラは考えておく。あと、上下もつけてみる」

方針は決まったとばかり、彼女はカバンに原稿とペットボトルを入れて身軽に立ち上がる。じゃあまた、と軽く手を振り、颯爽と教室を出て行った。

彼女の足音が廊下の向こうに遠ざかり、たちまち室内は静まり返る。

埃と日向の匂いが混ざる教室に残った僕は、黒板の上にかけられた時計に目を向けた。

彼女とこの教室に来てから、まだ三十分程度しか経っていない。先に生物室で過ごした二時間とは、密度がまるで違った。

彼女は自分のやるべきことをきちんと理解していて、それに向かって突き進んでいる。

廃部の危機を免れるため僕を部活に引きずり込んだ面々より、ずっと積極的で、熱心だ。

彼女が体育館で落語を披露する算段など、全くついていないというのに。

今日で何度目になるかわからない溜息をついて、僕は机に突っ伏した。

彼女は体育館を押さえる役を僕に丸投げしている。一度も進捗《しんちょく》を尋ねてこないのは、それだけ僕を信じている、ということなのだろう。きっと。

まずいことになった。今更のように、足の裏が地についていないような不安に襲われる。ここまでくれば僕でもわかる。この先何があろうとも、彼女は落語の発表を諦めない。となると、僕は一体どうしたらいい。文化祭当日になって、彼女に落語を演じる場所などないと告げるのか。

僕の中で、懸念事項の順位がぞろりと入れ替わる。これまでランク外だった彼女の落語が、いきなりトップに躍り出てしまった。

こうなるとネタも決まっていない手品部の方がまだましだ。どれだけお粗末な手品でも、披露できる場所があるのだから。

――もういっそ、手品部が使うはずの舞台を彼女に譲れないだろうか。

そんな思いが頭をよぎり、消える。はずが、なぜか消えずにたじろいだ。

頭の中で、選択可能な行動と、それに対して起こりうる事態が代わる代わる去来する。どう転んでもリスクのほうが高い。当然だ。わかっているのに、可能性を潰せない。

現実的ではないと思いつつ、時計の長針が八から九へと動く間、たっぷりと考え込んでしまった。

最終的に、大それたことはするべきでない、という結論に落ち着いた僕は、のろのろと身を起こしてペットボトルを手に取った。

僕は他人に何か頼まれると「嫌だ」と言えないし、「できない」と突き放すことも苦手だ。けれど、「できなかった」と事実を伝えることはできる。方々手を尽くしたが不可能だった、という揺るがしがたい事実なら、案外平然と舌に乗る。

夏休みが明けたら、文化祭実行委員長の高遠と少し話をしようと思った。

体育館のタイムテーブルを調整して、どうにか十五分程空きを作れないか尋ね、きっと無理だと言われるだろうから、それを彼女に伝えればいい。それでもう一度、空き教室で落語をやってはどうかと彼女に提案するのだ。

きっと彼女は夏休みの間中落語の練習をするだろうし、せっかく上達したのに誰の耳にも届かないとなれば惜しくなるはずだ。空き教室だろうと披露する場があるならば、と妥協してくれるかもしれない。

というより、最初からそれしか手はないのだ。

ペットボトルの蓋を開け、サイダーを一口含む。

ぬるくなったサイダーは、何事か抗議するようにしゅわしゅわと口の中で暴れていたが、喉の奥で押し潰すようにして飲み込んでしまえばもう、腹の底の暗がりに流れ落ちて、何も聞こえてこなかった。

彼女が帰った後、生物室に戻って田宮たちの仕事を手伝った。田宮たちは彼女の襲来に怯えたのか、その後はまじめに図鑑を広げてくれたので助かった。

区切りのいいところで作業を終え、学校を出ると空は藍色に染まり始めていた。

真昼に騒がしく鳴き交わしていたアブラゼミたちはどこかへ行ってしまったようで、代わりにヒグラシの物寂しい鳴き声が人気のない道に反響している。

駅に向かう途中の曲がり角で、白いワンピースを着た女の人とすれ違った。一瞬ぶつかりそうになり、慌てて道を譲る。会釈した相手をなんとなく目で追い、背中に負われたカバンに目を止めた。中学受験対策を専門にしている塾のカバンだ。

中学受験ということは、塾生は全員小学生だ。

僕は立ち止まって、夕闇に溶けていく白いワンピースに目を凝らす。

遠目にも、小学生にしては背が高いと思った。うちのクラスの女子と変わらないくらいだ。それに、会釈した表情も大人びていた。

六年生だろうか。声をかけても、きっと無邪気にこちらを振り仰ぐことはないだろう。不審者を見るような顔で眉を顰《ひそ》められるかもしれない。

思い描いたその顔が、ふいに妹とだぶった。

辺りに響くヒグラシの声が心細さを煽り、僕は足早に駅へ向かう。はやる気持ちを抑えて途中でコンビニに寄り、ジュースを二本買って帰った。

自宅のマンションに到着し、コンビニ袋をがさがさ鳴らしながら靴紐をほどく。固い結び目に手間取っていると、廊下の向こうから小さな足音が近づいてきた。

「お兄ちゃん、お帰り」

リビングから廊下に飛び出してきたのは、小学四年生になる妹だ。肩の上で髪を切り揃え、半袖のシャツに短パンを履いている。おやつでも食べていたのか、頬に菓子の食べかすがついていた。

同じ小学生でも、道ですれ違った少女とはまるで違う。もっと小さな、女の子と呼ぶのがしっくりくる妹を見て、僕は闇雲に引っ張っていた靴紐から指を離した。玄関の床にくたびれた紐が広がり、僕は大きく息を吐いてその場に座り込む。

「……ただいま。今日は何してた？」

「今日はね、公園行って、その後ユミちゃんの家に行った」

「今日の分の宿題は？」

落ち着いて手を動かせば、靴紐はあっさりとほどける。玄関先に靴を転がして妹を見ると、妹は嫌そうに口をへの字に結んでいた。まだ終わっていないらしい。

「僕もこれから宿題するけど、一緒にやる？」

「えー、やだ」

「終わったらこれあげる」

コンビニで買ってきたペットボトルのジュースは、口の部分におまけがついている。それだけ取って妹の前にかざすと、たちまち妹の顔に笑みが咲いた。

「カリンちゃんだ！」

「あと、もうひとつ」

「あー！　お供のマルメロ！」

妹は魔法少女カリンちゃんのイラストが描かれたラバーストラップを受け取ると、その場でピョンピョン飛び跳ねた。

微笑ましい、というよりは、安堵で体から力が抜けた。こんな他愛もないものに喜んでくれる妹に、心底ほっとする。

はしゃいでじゃれついてくる妹とリビングに入ると、カウンターキッチンの奥に母の姿があった。夕飯の支度をしているようだ。

湯気の向こうに立つ母に声をかけ、カウンターにジュースを二本置く。キッチンで忙しく動き回っていた母は、僕が置いた乳白色のジュースを見て眉を上げた。

「それコンビニで買ったの？　スーパーでも安く売ってたから買っておいたのに」

そう言って、母は冷蔵庫から同じジュースを出す。しかしそのボトルにラバーストラップはついていない。ストラップがついているのはコンビニ限定なのだ。

早速コップに中身を注ごうとする母を、僕はやんわり止めた。

「僕はいいよ。愛美《まなみ》にあげて」

「愛美ならさっき飲んだわよ」

「じゃあ、明日にでも……。僕はあんまり……、甘過ぎて……」

夏休みに入ってから僕が何度かこのジュースを買っていることを承知している母は目を丸くしたものの、すぐに僕が妹のためにジュースを買っていることに気づいたらしい。見る間に呆れ顔になる。

「ほんと、甘いわねぇ。ジュースじゃなくて、貴方のことよ？」

否定もできず苦笑して、僕は妹に声をかけた。

「愛美、部屋にストラップ置いておいで。それから一緒に宿題しよう」

「えー、あとでー」

「お母さんに怒られるよ」

夕食の支度に戻った母が、キッチンの奥で「怒るわよー」と追唱する。すぐさま妹が駆けてきて、僕の手を取った。

「今日ね、ユミちゃんに漫画貸してもらったの。ちょっとだけお兄ちゃんも見よ？」

妹はどうにか宿題を後回しにしたいらしい。駄目だよ、と笑いながら、妹に手を引かれるまま廊下を歩く。

妹の小さな手は、しっかりと僕の手を摑んで放さない。僕が帰ってくる前にお菓子を食べていたのは間違いないようで、少し掌がぺたぺたしている。

七つ年下の妹は、いつでも躊躇なく僕の手を引いて歩く。共働きの両親より僕の方が一緒にいる時間が長かったせいか、昔からとてもよく懐いてくれた。

歩きながら、前を行く妹のつむじを見下ろす。少し背が伸びただろうか。学校を出たときすれ違った少女よりはずっと低いが、いつか妹もあの背丈に追いつく。

そうなれば、きっと妹はこんなふうに僕の手を引いて歩かない。コンビニのおまけでもらえるストラップになど見向きもしなくなって、お帰りと出迎えてくれることもなく。

あの少女のように、妹が大人びた顔で僕を切り捨てる日は遠くないのかもしれない。

そのとき僕は、一体この家のどこにいればいい。

一瞬で指先が温度を失い、べたついた妹の手を強く握り返していた。

自室のドアノブに手をかけた妹が、不思議そうな顔で振り返る。丸い目で、どうしたの？　と尋ねてくる妹に、僕は上手な説明ができそうもない。

なんでもないと首を振り、僕は妹を解放するように指先から力を抜いた。


堀先輩からメールが来た。文化祭で、人体切断マジックがやりたいという。

ネットの動画に、わかりやすくタネを解説したものがあったらしい。メールにＵＲＬが貼りつけられていたので僕も見てみた。

内容は人体切断というより、人体移動、という方が正しいだろうか。

マジシャンと助手が舞台に現れ、大人の胸から腰まで隠すくらいの大きな箱を縦に三つ並べる。その中に、意気揚々と助手が入る。一番上の箱には顔が見えるように丸窓がついていて、二番目の箱は左右から両腕が出るようになっている。

一番上の箱についた丸窓をマジシャンが閉めると、真ん中の箱から飛び出していた助手の両手が箱の中へと引っ込んだ。

マジシャンは一番上の箱をひょいと持ち上げ上手へ運び、真ん中の箱を下手へと移動させる。上手に戻り箱を叩くと、丸窓から助手が顔を出す。下手へ移動して箱を叩くと、箱の両脇から助手の手が出てくる、というマジックだ。

仕掛けは非常に単純だ。体育館の舞台の上に、マジックを行うためのステージを作る。舞台とステージの間には、人ひとりが腹這いになって通れるくらいの隙間があり、助手はその隙間を移動して、マジシャンが箱を叩くタイミングに合わせて箱から顔を出したり手を出したりするだけだ。

単純だが、そこそこ見栄えがすることは確かだ。タネがわかってから動画を見ても、マジシャンと助手の動きが非常に滑らかなので、見ていて飽きない。

このマジックの成否を分けるのは、マジシャンより助手の存在だ。腹這いで舞台の端から端まで移動する助手が、いかに素早く、いかに苦しい顔を見せずにそれをやり遂げるかにすべてがかかっていると言っても過言ではない。

　助手は――まず間違いなく僕がやらされることになるのだろう。そこは諦めるとして、舞台づくりはどうするのか。タネは単純だが、舞台装置はかなり大掛かりだ。

　電話口で恐る恐る舞台について尋ねた僕に、堀先輩はあっさり「とりあえずモモ、やっといてよ」と告げた。

　とりあえず、という言葉の意味を深く考えるのはやめ、僕は舞台装置について調べた。今のところ、ホームセンターで木材を買い、釘と金槌でバカでかい簀《す》の子《こ》状のステージを作る、くらいしか思い浮かぶ案はない。予算内で実現可能かどうかは不明だ。

　もちろん仕事は他にもある。

　八月の半分が終わったが、未だに文芸部のメンバーからは連絡がないし、生物部が合宿で撮ってきた写真も、半数以上が名前を特定できていない。特定できたらできたで、次は模造紙に写真を貼りつけ、名前や特徴などを書いて展示する作業が待っている。

　そして今日。

　夏休みが始まってから初めてクラスで集まることになったのだが、集合場所である教室には、僕ひとりしかいなかった。

　窓を閉め切った教室でひとり、こめかみから流れる汗もそのままにぼんやりしていると、ズボンのポケットに入れていた携帯が鳴った。学級委員長からだ。携帯を耳に当てた途端、

『あ、モモ?』と軽やかに名を呼ばれた。

『もう教室着いてる?　他の皆は?』

「まだ誰も来てないよ」

『まじか。モモひとり?　じゃあー……とりあえず店内のレイアウトとか考えといてよ。すぐ行くから。あと、垂れ幕はどうなってる?』

「紙なら教室にあるよ。まだ真っ白だけど」

『じゃ、下書きやっといてくんない?　適当でいいから』

適当、とか、とりあえず、とか。口にする本人には軽く、受け取るこちらには重たい言葉にノイズが混じり、僕は小さく唇を開く。

なんで僕が。

皆でやろうよ。

待ってるから。

これ以上、僕に押しつけないでくれ。

腹の底からみぞおちまで上ってきた言葉は、でも結局いつものように喉の奥で押し潰される。眉根を寄せた苦しい表情とは裏腹に、口から出たのは「わかった」という穏やかにすら響く一言だ。

電話を切ると、喉の奥で押し潰したはずの言葉が、溜息になって唇から漏れた。

なんだかんだで、垂れ幕を書くのはこれで四枚目になる。最初に文芸部、次に生物部、先日は手品部の垂れ幕を完成させたばかりだ。

教室の後ろ半分に机を下げ、空いたスペースに紙を広げて床に膝をついた。

鉛筆を手に、図案を考える。もういっそ、『二年七組　喫茶店』とだけ書いて終わりにしてしまおうか。適当な下書きでいいと電話の相手も言っていた。

考えるより、手を動かした方が話は早い。鉛筆を握り直し、ぐっと体を前のめりにする。

実際作業を始めてしまえば、直前まで胸の中に浮き沈みしていた不平や不満はゆっくりと沈殿していってしまう。沈むのであって消えるわけではないのだが、時間と共に波立った心が凪《な》いでいくのは確かだ。

室内に、さりさりと紙の上をすべる鉛筆の音が響く。教室にかけられた時計の秒針が規則正しく鉛筆の音を区切り、その上に、淡いベールをかぶせるように運動部の声が重なる。どこかでボールが跳ねる音。窓の下から蟬の声。車の音は近づき、遠のき、低い溜息のような余韻を残して消えていく。

校庭で、ふざけたような笑い声がした。体育館の歓声、廊下の怒号。

昇降口で響く、子供の声。

鉛筆を動かす手が止まる。白い模造紙に、ぱたりとひとつ汗が落ちた。

学校の前の道を子供が走り去ったのか。その声が昇降口にまで届いたのかもしれない。

取り立てて気にする程のことでもないのに、声は妙にくっきりと耳の底に残った。

音の反響しやすい昇降口で弾けた子供の声には、怒りに似た感情が含まれていた。はっきりと言葉を拾い上げることもできなかったのに、そこに潜む感情ばかりが嫌に生々しい。

再び鉛筆を持って紙の上に押しつけたが、もうさりさりと心地のいい音は聞こえなかった。耳の奥に沈滞した子供の声が、しっかりとした言葉を伴い、蘇《よみがえ》る。

嫌だ、と。

『――嫌だ！　絶対、嫌だ！』

声はとうとう、幼い頃の僕のそれで再生される。

僕はぐっと腹部に力を込めて息を詰める。背中を丸め、過去の記憶から逃れるべく固く目をつぶった。だが視界を遮断したために、かえって記憶は鮮明に瞼《まぶた》の裏に映し出される。

喉の奥から、諦めに似た声が漏れた。遠い昔、嫌だ、と力一杯叫んで、とんでもなく後悔した記憶が押し寄せる。

こうなると僕はしばらく動けない。黒い波を引きずって襲い掛かる記憶の海に呑まれ、蹂躙されて、現実の陸に吐き戻されるのを待つばかりだ。

記憶の波にもみくちゃにされる僕に、悔恨の雨はいつだって容赦なく降り注ぐ。雨は酸素を求めて喘《あえ》ぐ僕の鼻と口をふさぎにかかり、苦しくて身動きが取れない。模造紙の上に両手をつき、背中を丸めて凌《しの》ぐのがやっとだ。

嫌だ、という言葉は、僕にとって呪詛《じゅそ》に近い。

その一言を口にしたら最後、問答無用でコミュニティから弾き出されてしまいそうで怖かった。一度弾き出されてしまえば、謝っても謝っても、もうあの輪の中には帰れない。

自分でも、大げさだということくらいわかっている。

たった一言で自分の立ち位置を失うなんて考えすぎだ。それに、クラスから孤立することは極力避けるにしても、部活はその限りではない。あんな小さなコミュニティから弾き出されたところで、被るダメージは微々たるものだ。

頭ではわかっているのに、どうしても嫌だと言うことができなかった。

おかげで夏休みの大半を学校で過ごすことになった。文化祭を前に浮かれる気持ちは微塵もなく、重圧ばかりがのしかかる。馬鹿らしいと思うのに、どうあっても変えられない。

きつく噛みしめていた奥歯からゆるゆると力を抜いて、僕は少しずつ目を開けた。

目に飛び込んできたのは、模造紙についた自分の手だ。右手の人差し指と中指の間には鉛筆が挟まっている。

日に焼けて、大きな手。もう子供ではないはずなのに、まだ何度でも子供の記憶に脅かされる。体ばかりが大きくなって、中身が全く伴わない。

ゆっくりと体を後ろに引いて、僕は床に正座をした。

目を開けながら怖い夢を見ているようなこの感じを、どうしたら他人に理解してもらえるだろう。その上怖い夢は現実に根を張って、僕から相手を拒否する言葉をことごとく奪い去る。

できるだけ他人事のように「困ったなぁ」と呟いたときだった。

「困りごと？」

涼しい声が耳を打ち、僕はわずかに目を瞠った。

声のした方に顔を向ける。教室の入り口から半身を覗かせていたのは、彼女だ。肩にカバンをかけ、手にはルーズリーフの原稿を持っている。

彼女は室内を見回し、僕しかいないのを確認してから教室に入ってきた。

「本当に、毎回違うところにいるね。今日はクラスの集まり？」

床に正座をしたまま、僕は無言で頷いた。海から上がった直後のように、まだ全身が重くてすぐには声が出ない。

「他の人たちは？」

「……まだ来てない」

「じゃあ、皆が来るまで少し練習に」

言葉の途中で、彼女の声が唐突に途切れた。何事かと思う間もなく彼女はずんずんと僕のもとまでやってきて、垂れ幕の先で膝をついた。

「汗ひどいけど、どうかしたの？」

とっさのことで、答えに窮した。

直前まで怖い記憶に追いかけられていた、と言ったところで、きっと彼女には伝わらないだろう。自分自身思い出したくない記憶を詳しく語るのも気が重い。

「……ちょっと、嫌な夢を見て」

記憶と夢を同一と捉えるなら、あながち嘘とも言えなかった。僕は無理やり口元に笑みを浮かべ、「うたたねしてたんだ」とつけ加える。

「どんな夢？」

ただの夢かと呆れられて終わりだと思っていたのに、問い返す彼女の顔が思いのほか真剣で驚いた。おかげで本当のことがさらに言いにくくなって、僕は嘘とも言えない嘘を重ねる。

「……皆がいなくなる夢」

途方もなく漠然とした返答だったにもかかわらず、彼女は詳細を尋ねることをしなかった。だからと言って話を切り上げるでもなく、何か考え込むように目を伏せる。

「悪い夢の追い払い方、知ってる？」

視線を落としたまま、唐突に彼女が切り出した。知らない、と答えると、やっと彼女がこちらを向く。

「私が子供の頃、お祖母ちゃんから教えてもらった方法なんだけど、怖い夢を見たら、できるだけたくさんの人にその内容を聞かせるの」

「……夢の内容を人に話すと正夢にならないってやつ？」

そんな迷信なら聞いたことがあると思ったが、彼女はきっぱりと首を横に振った。

「怖い夢を、楽しい夢に作り直して人に話すの。話す相手は、多ければ多いほどいい。そうすると、そのうち楽しい夢の方が本当になる」

僕は彼女の言葉に相槌《あいづち》を打とうとして、一度自分の中で咀嚼してから改めて頷いた。

ちょっとややこしいが、つまり怖い夢の内容を改変して人に話しているうちに、本来見た夢の内容は忘れ、楽しい夢を見た気分になれる、ということだろう。

子供が実践すれば、そこそこ効力を発揮しそうなおまじないだ。頷いた僕を見て、彼女はずいっと身を乗り出してくる。

「だから今の場合だったら……町の中から人が消えて、世界にはもう自分ひとりしかいないんだって絶望したところで、町の中央にあるスピーカーから『現在大規模な避難訓練の最中です』ってアナウンスが入る、とか」

「……それ、楽しい夢？　僕が単なるうっかり者に成り下がってるような……」

「聞いてる方は楽しいでしょう？　滑稽噺ってやつよ」

「いやぁ、でも……」

今のオチは安直《あんちょく》すぎる——などと言おうものなら彼女が激怒するのは間違いなく、僕はそっと本音を呑み込んだ。

それに、ひとりぼっちになってしまったと絶望したら、実はそうではなかった、という展開自体は悪くない。

現実も、そんなふうに柔らかな結末に着地してくれればいい。

「……ありがとう。ちょっと気分がよくなった」

顎から滴《したた》る汗を手の甲で拭い、僕は素直に礼を述べた。彼女と喋っているうちに強張っていた体もほぐれたようだ。笑顔を見せる余裕すら取り戻した僕を見て、うん、と彼女は力強く頷く。

「それじゃ、他の人たちが来るまで練習につき合ってもらっていい？」

床に膝をついていた彼女が姿勢を正し、こちらを向いて端座《たんざ》する。

僕が頷くのを待って手にしていた原稿を膝の前に置いた彼女は、床に両手をついてまっすぐに僕を見た。

見てる？　と念を押すような強い視線に、僕も背筋を伸ばして頷き返す。

彼女は両手を床についたまま、僕に向かって深々と頭を下げた。長い髪が肩から滑り落ち、リノリウムの床にさらりと落ちる。汚れる、と気を揉んだのは僕だけで、彼女は頓着した様子もなく姿勢を正した。

「えー、本日は一杯のお客様でございまして、ありがとうございます。どうぞ最後まで、楽しんでいただければ幸いでございます」

　そう言って再び頭を下げる。

「佃祭、というものがございます。佃煮のお祭りじゃございません。佃島で行われる、住《すみ》吉《よし》神社のお祭りでございます。こちらは都内に残る神社でして、今でも例祭という名で佃祭が行われております」

　前回の宣言通り、マクラを考えてきたようだ。僕が勘違いしていた佃祭の説明を入れてくれた。自分で考えてきたわりに、それっぽい口調になっているのが面白い。

　すぐに本題に入ったが、前と比べると格段に口跡が滑らかになっていた。ＣＤを聞きながら原稿を読み、落語家の間を頭に叩き込んだのだろう。抑揚のようなものもできている。

　何かしら進歩があるものだな、と気楽に彼女の落語を眺めていたが、彼女がほとんど原稿を見ていないことに気づいたときは、さすがにぎょっとした。

　一応床に原稿は広げているが、ときどき確認するようにちらりと見るだけで、彼女はほとんど下を向かない。代わりに登場人物が変わるたび、右を向いたり左を向いたりする。上下をつける、と言ったか。

　まだ、落語と呼ぶにはあまりに拙い。けれど着実に、彼女の落語は落語に近づいていく。

　気がつけば膝の上で拳を握りしめていた。手の中が、じっとりと汗ばんでいくのがわかる。

八月に入った当初は、彼女は両手で原稿を持ち、文字を追うのが精一杯という体だったのに。今は登場人物の感情に合わせて笑ったり、眉を寄せたりすることすらやってのける。体育館で落語をするなんて無理だ、と彼女に伝える時期を、完全に逸したと悟った。もう「できなかった」では済まされない。なんとかして体育館のスケジュールを押さえなければ。

彼女は僕の退路を断つように、一度も止まることなく佃祭を演じきってみせた。最後に深々と頭を下げた彼女に、僕は弱々しい拍手を送る。

「……すごい。もう原稿暗記したんだ……」

「まだ全然。原稿がないと途中で止まっちゃう」

彼女は膝の上で原稿を揃え、大事そうにカバンにしまう。もう何度も繰り返し読んでいるらしく、紙はでこぼこと波打っていた。

「そうだ。そろそろ着物も買いに行こうと思ってるんだけど」

文房具でも買いに行くような気楽さで彼女は言う。着物なんて高いのでは、と尻込みする僕に、下調べは万全、と彼女は軽く胸を張った。

「古着だと案外リーズナブルに揃うみたい。最悪浴衣かな。あと扇子も。だから買い出しに行きたいんだけど、手伝ってもらえる？」

原稿をしまった彼女が、膝に両手を置いて僕を見る。

適当に、とか、とりあえず、なんて言わない代わりに、彼女の要求には逃げ場がない。いずれにせよ僕に否と言えるはずもなく、手元に視線を落として頷いた。

古着とはいえ、着物は値の張る物だろう。そんなものを彼女が買ってしまったら、もう口が裂けても体育館は使えないなどと言い出せなくなる。

ここではっきりと告げるべきだろうか。体育館を押さえる見込みはないと。

もう何度も考えて、でも結論を出せずにいた答えを必死で探す。おかげで頷いたきり、顔を上げるのも忘れていた。

蟬の声がやけに大きく聞こえて沈黙に気づき、僕は慌てて顔を上げる。僕が頷いたのか俯いたのかわからなかったらしく、彼女はまだこちらを見たままだ。つきあうよ、と声に出そうとして、直前で彼女の表情に気づいた。

気丈な彼女が、珍しく眉を曇らせている。どうしたの、と尋ねようとしたら、ポケットの中で携帯が震えた。

クラスの委員長かと思ったら、今度は堀先輩だ。しかもメールではなく電話である。一応彼女に目顔で伺いを立てると、どうぞ、というように頷かれたので電話をとった。

『あ、モモ？　今どこよ。部会もう始まってるぞ』

言われるまですっかり失念していた。今日は手品部の集まりもあったのだ。慌てて立ち上がった僕に、堀先輩はのんびりとした口調で言う。

『あのさー、考えたんだけど、人体切断ってやっぱりちょっとネタ古くない？　人体浮遊の方がよくないかなーって思ったんだけど、モモどう思う？』

　喉の奥から、うめくような低い声が漏れた。

　長く床に正座をしていたせいで膝が軋《きし》んだからだろうか。それとも他に理由があるのか。答えを探ることは放棄して、すぐに向かいますとだけ告げ電話を切った。

「ごめん、ちょっと……手品部に行く予定を忘れてて」

　僕が立ち上がると、彼女も教室の入り口までついてきた。

「部室ってどこ？」

「一階の空き教室だけど……？」

「じゃあ、終わるまで待ってる」

　彼女の物言いは断定的だ。こちらの意向を伺うつもりはないらしい。止めるだけの気力もなく、僕は力なく頷いて廊下に出た。

　歩き始めるとすぐに、彼女の体が後ろに下がった。身長差があるので、普通に歩いているつもりでも半歩ほど彼女の方が遅れてしまうのだ。斜め後ろから、ねえ、と声がかかる。

「垂れ幕、この前も書いてなかった？　文芸部の」

「そうだね。生物部のも書いたし、手品部のも書いたよ」

　階段の踊り場に出ると、声が四方の壁に反響した。我ながら疲れ果てた声が、踊り場の白い壁にぶつかり、力なく足元に落ちる。

「垂れ幕書くの好きなの？」

「そういうわけじゃないけど、やっておいてって頼まれたから……」

「あと、さっきから青い顔してるけど大丈夫？」

背後から話しかけてくる彼女の声に、気遣わし気な色が滲んでいることに初めて気がついた。先程眉を寄せて僕の顔をじっと見ていたのも、同じ理由だろうか。

今、彼女はどんな顔をしているのだろう。背後を歩く彼女の顔が唐突に気になって、階段を下りながら肩越しに振り返る。

視界の端を彼女の白いシャツがよぎり、その上に垂れる黒い髪を見た、と思った瞬間、ぐんと視界が流れた。

いきなり目に映る景色が流線に変じ、僕は何が起こったのかわからない。

足の下でずるりと地面が動く感覚にぞっと総毛立《そうげだ》つ。落ちる、と思い片腕を伸ばしたが、不幸にも指先は手すりに届かず、むなしく宙を掻いて落下した。

音は、しなかったように思う。

もしくは聞こえなかったのか。気がつけば、僕は階段の下に座り込んで痛みに呻いていた。階段の中程から足を滑らせ、落ちてしまったようだ。

「ちょっと、大丈夫!?」

彼女が慌てて階段を駆け下りてくる。

最早《もはや》体のどこが痛むのかもわからない状況で、それでも大丈夫、と片手を上げたのは、階段を下りる彼女の足取りが乱れていて、彼女まで足を滑らせてしまいそうだったからだ。

「平気？　どこぶつけたの？　痛いところは？」

座り込んで動けない僕の傍らに膝をつき、心配顔で彼女がこちらを覗き込んでくる。

背中に彼女の手が添えられ、一瞬だけ痛みが飛んだ。布越しに彼女の体温が伝わってきて、呼吸がもつれる。咳き込んで、もう一度大丈夫だと手を振った。

「ねえ、立てる？　どこか折ってない？」

「いや、大げさだから……足と、腰を打っただけだよ、多分……」

座ったまま手すりを摑み、恐る恐る立ち上がった。下半身がまんべんなく痛い気がして、どこが最もダメージを負っているのかわかりづらい。

痛みはあるが、案外大丈夫なのでは、と足を踏み出したら体がぐらついた。彼女がとっさに腕を伸ばして支えてくれなければ、もう一度転んでいたかもしれない。

「どうしたの、やっぱりどこか痛いの？」

「いや、足が……。あ、これ痛いや」

右足にそろそろと体重をかけると、足首に鈍痛《どんつう》が走った。捻るか何かしたらしい。どこまで耐えられるか確かめようと体を右に傾けてみたが、痛みの終着点は一向に訪れず、慌てて左足に重心を戻した。

右足を引きずり、ひょこひょこと頭を上下させながら歩き出した僕を彼女が呼び止める。

「ねえ、保健室行かなくていいの……？　夏休みでも保健の先生、ちゃんといるよ？」

「保健室に行くほどじゃないかな……それに、先に部室に顔を出したいし」

ふと見下ろした彼女は予想外に心許ない顔をしていて、むしろ僕の方が驚いた。

初対面のときから射貫くような目で僕を見据えてきた彼女だ。見慣れない弱々しい顔に戸惑いながらも、大丈夫、と再三繰り返して手品部が使う空き教室の戸を開けた。

部室には堀先輩と、他のメンバーが全員揃っていた。がらんとした教室の真ん中に椅子を集め、歪な円を作っている。堀先輩以外はやる気のなさを前面に押し出し、アイスを食べたり携帯をいじっていたりするのもいつも通りだ。

彼女は部室に入らず、廊下で足を止めた。まだ不安げな表情のまま、いつもは勝ち気に吊り上がっている眉も八の字に垂れている。

いつになく気弱な顔をされたせいか、なんとなく彼女を閉め出してしまうのが忍びなく、僕は廊下に面した引き戸を少しだけ開けて室内に入った。

「おー、モモ。お疲れー」

真っ先に声をかけてきたのは堀先輩だ。扉の後ろに立った彼女には気づいていないらしく、椅子に掛けたまま僕を手招きする。

「実はさ、これから早速ホームセンターに行こうと思ってるんだけど」

「……何を買いに行くんですか？」

「舞台作りに必要な物。いろいろあるだろ？　木材とかペンキとか買いに行こうと思って」

僕は足を引きずりながら、ゆっくりと歪な輪に近づく。他のメンバーは自分の手元に視線を落とし、こちらを見ようともしない。その横顔には、面倒な手合いの相手はよろしく、と書かれているようだ。この場でそのメッセージを受け取れるのは僕しかいない。

足首に鈍い痛みが走り、僕は眉根を寄せて立ち止まった。

「さっき電話で、人体浮遊したいって言ってましたよね……？　何か参考になる動画とか、グッズとか見つけたんですか？」

「いや、これから探す。でも人体切断があったんだから浮遊だってあるだろ？」

「せめてどんなマジックをするか決めてから買い出しに行った方がいいんじゃ……？」

「どっちにしろ舞台は作るんだから、先に材料揃えておいた方がいいだろ。こういうのは計画的にやんないと」

舞台をどう使うかも決めないままステージを作ろうとしている人が計画的とは。何かの冗談かな、とも思ったが、堀先輩は至って真面目な顔だ。

足を引きずって椅子に近づくと、ようやく堀先輩が普段と違う僕の歩き方に気づいた。

「あれ、モモ……足どうした？」

「さっき階段から落ちたもので……」

「マジか、大丈夫か？」

「大丈夫です。でもホームセンターに行っても、今日は重たい物とか持てませんよ」

先んじて宣言すると、堀先輩は顔を歪めて子供じみた声を上げた。

「えー！　じゃあどうすんだよ。ていうか、それすぐ治るよな？　モモがいなかったら誰が舞台作んの？」

「それは――」

先輩じゃないんですか、という言葉が、みぞおちから喉の奥まで上がってきた。だがそれはあっさり溜息に変わり、空気に溶ける。

言葉にしてもよかったのだが、「俺じゃ無理だよー」と笑って流されるのが目に見えていたので溜息に溶かした。舌の上にざらざらと残った言葉の破片は、息を止めてごくりと呑み込む。

「貴方が作ればいいじゃないですか」

呑み込んだはずの言葉が転がり落ち、僕はとっさに掌で口を覆った。無意識に本音を漏らしてしまったかと思ったからだ。

だが、室内にうっすらと漂う声の残響は、明らかに僕のものではない。

聞き慣れない声に反応したのか、それまで我関せずを貫いていた他のメンバーが顔を上げた。堀先輩はぽかんとした顔だ。その視線は僕の方に向けられているが、焦点は明らかに僕の後ろに絞られていた。

振り返ると、中途半端に開いた部屋の戸に手をかける彼女と目が合った。

彼女と僕の間には数メートルの距離がある。それなのに彼女の視線があまりに強いので、僕は胸倉を摑まれぐっと引き寄せられた錯覚に陥る。

先程までの不安げな顔から一転、固く引き締められた彼女の顔は明らかに怒っていた。多分堀先輩と、他のメンバーと、僕に対して。

彼女はふいと僕から視線を外すと、躊躇なく室内に入ってきた。大股で僕の傍らを通り過ぎ、怯むことなく堀先輩の前に立つ。

彼女が何者かわからないだろう先輩も、彼女が怒っていることだけは表情から読み取ったようだ。誰に命じられたわけでもなく椅子に座り直した。

かしこまる堀先輩を見下ろし、彼女は静かに告げる。

「ろくにネタも選べないなら、最初から手品なんてやらなければいいじゃないですか。それに、他にも部員はいるのに、どうしてモモにばかり仕事を押しつけるんです？」

成す術もなく彼女の背中を見詰めていた僕だが、突然彼女にモモと呼ばれたことに動揺して体がぐらついた。

僕の名前は百瀬太郎で、大抵一度は桃太郎とあだ名をつけられ、それが縮まってモモになる。その過程をすっ飛ばした彼女に啞然とした。

それ以前に、彼女からは名前で呼ばれた記憶すらない。貴方、と言われたことは何度かあったか。周りの面々がモモだのモモ先輩だの言うので移った可能性はある。

女子にモモなんて呼ばれるのは小学生のとき以来でうろたえた。そして、突然現れた美人にいきなり詰問された堀先輩もうろたえている。さらに状況が全く呑み込めない他のメンバーたちもうろたえていて、彼女以外、誰ひとりまともに喋れる者はいないようだ。

美人の怒気で覇権を握った彼女は、堀先輩から始まり、その隣にいるメンバー、またその隣にいるメンバーと、反時計回りに手品部の面々をじっくりと眺め、ぼそっと呟いた。

「アイス食べて漫画読んでる人たちのためにモモがここまで足を引きずってきたんだと思うと、腹が立つ」

誰かに聞かせるためというより、自分で自分の怒りを嚙みしめるような口調だった。膝の上で漫画を開いていたひとりが、無言でそっと本を閉じる。

彼女は全員の視線が自分に集中していることを確認すると、改めて堀先輩と向き合った。

「これだけ人数がいるのに、どうしてモモだけ動いてるんです？」

同じ質問を繰り返され、堀先輩は弱り顔で肩をすぼめた。

「あー……その、皆あんまり、乗り気じゃなくて……」

「乗り気じゃないなら、やめたらどうです？」

彼女はぴしゃりと言い放ち、今度は堀先輩の隣に座るメンバーに視線を向けた。

「やる気がないなら、どうして先輩を止めないんです？　モモに任せておけばどうにかなるとでも思いました？」

堀先輩以外のメンバーは、いや、とか、その、とか、曖昧な言葉を口にするだけで彼女の問いに答えられない。

僕には皆の頭の後ろに漫画の吹き出しがついているような気がした。そこに書かれた文字もはっきり見える。

だってモモが嫌だって言わなかったから。多分、皆そう言いたいのだ。

とはいえ彼らにも人並みの良心はあるようで、面倒事を僕に押しつけていたことに若干の後ろめたさを覚えているのは窺《うかが》えた。その上彼女が静かにキレているので、本当のことなど言い出せないのだろう。

この状況で場をとりなすことができるのは、どうやら僕だけのようだ。

目の前に居並ぶ男共を残らずしゅんとさせている彼女に声をかけようとしたら、急に彼女がこちらを振り返った。

「貴方も、嫌なら嫌ってちゃんと言って！」

それまで低く抑えていた声が、突然弾けるような強さに変わって僕にぶつけられる。その勢いに驚いて、思わず「はい」と返事をしてしまった。

命じられれば嫌だとは言えない。僕の答えは決まっている。

だが、嫌だと言えない僕が、嫌だと言え、と命じられ、はい、と答えるのは、つまりどういうことだろう。

返事をしてから目を瞬かせた。こういうの、なんてパラドックスだったっけ。

彼女は昏から鋭く息を吐くと、つかつかと僕に歩み寄り、すれ違いざま僕の袖口を摑んだ。そのまま廊下に向かって直進する。

シャツを引っ張られた僕は彼女の手を振り払うこともできず、片足を痛めた状態では踏ん張りも利かず、よろよろと彼女に引っ張られていくしかない。

廊下に出た彼女は、僕が外に出るや、室内に向かって言い放った。

「本気で文化祭に出たいなら、ちゃんと全員で動いてください。モモの出番はその後です！」

言葉の途中で、彼女は勢いよく部屋の戸を閉めてしまった。

「保健室行くから！」

振り返りもせず言い放ち、彼女は僕の袖を握ったまま廊下を歩き出す。部室から離れ、職員室の前を通り過ぎ、昇降口まで辿り着くと、ようやく彼女が振り返った。

「何あれ！　なんで皆貴方に仕事押しつけてるわけ!?」

「いや……それは……」

「私だっていろいろ手伝ってもらってるけど、あそこまで丸投げにしてないでしょ！」

勢いに押され、うん、と頷いてしまった。確かに彼女は自分で演目を決め、原稿を作り、僕に指示をされるまでもなく練習を繰り返してくるのだから立派だ。一方で、体育館をジャックしろ、なんて誰より無茶なことを言ったりもするが。

どっちもどっちな気がして首を捻《ひね》れば、彼女に下から睨まれる。

「まさか他の部活でもあんな感じじゃないでしょうね？」

「え、いや……あそこまでじゃないけど……」

「前に生物部でもひとりで作業してなかった!?」

煮えきらない僕の反応が気に入らないのか、彼女が声を高くする。年の離れた妹ならまだしも、同年代の女子の宥め方などわかるはずもなく、僕は困り果てて眉を下げた。

「そう、かもしれないけど……どうして君がそんなに怒るの……？」

僕が本気でわからない顔をしていることに気づいたらしい。苛立ったような彼女の表情から、すぅっと熱が引いた。

僕のシャツから手を放した彼女は、ややあってから幾分抑えた声で言った。

「人生って、モモが考えてるより短いよ」

人生、と僕は繰り返す。随分大仰な言葉が出てきてしまった。

人生なんて臆面《おくめん》もなく口にできるのは、それを総括するにふさわしい老人くらいだと思っていた。僕たち高校生が使うとしっくりこない。というより、なんだか気恥ずかしい。子供が無理をして大人の靴を履いているようで、その幼さがかえって際立ってしまう。だって僕たちはまだ、人生の半分も経験していない。これまで生きてきた時間より、これから生きていく時間の方が、きっとずっと長いに違いないのに。

しかし彼女は大真面目だ。笑い飛ばせる雰囲気ではない。

実感はなかったが、とりあえず殊勝な顔で頷いておいた。が、腑に落ちていない表情は隠しきれなかったらしい。彼女の目にうっすらと怒りの気配がよぎり、声が一層低くなる。

「自分の人生でしょ。なんで他人のために使ってるの？　そういうの見てると、イライラする」

「……だったら、君のことも手伝わなくていいの？」

少しだけ意地悪なことを言ってしまったのは、真っ向から彼女に怒りをぶつけられることに怯んだからだ。本気で彼女から手を引こうとしたわけではなく、少しでも怒りの矛先が変われば、と苦し紛《まぎ》れに口にしたのだが、彼女は眉ひとつ動かさなかった。

「嫌だって言われたら無理には引きとめない。今からだって、モモが嫌だと思うなら手伝ってくれなくていい」

突き放すつもりが突き放されて、しかも彼女の方が容赦ない。

返す言葉を失った僕に、彼女は敢然《かんぜん》とした口調で告げた。

「貴方が決めて。自分で選んで」

それだけ言って僕に背中を向けると、彼女はすたすたと歩き出してしまう。

問答無用でついてくるよう彼女に命じられたことは多々あれど、選んでいいと言われたのは初めてだ。すぐには足が動かない。

ここで立ち止まっていれば、文化祭にまつわる一番の厄介ごとから解放される。頭の隅ではそう思うのに、彼女の背中を見ていると言いようのない焦燥感に襲われた。

彼女を引き留めなければ、残る仕事は手品部と、生物部と、文芸部と、クラスの模擬店だけになる。

仕事が減って気は楽だ。それなのに、彼女と落語が消えた夏の校舎を想像して、その味気なさに困惑した。

追いかけようか、やめようか。悩んで動き出せずにいたら、彼女がくるりと振り返った。

「何してるの、保健室行くって言ったでしょ」

彼女が立ち止まったのは、昇降口を過ぎた先にある保健室の前だ。

今すぐ答えを出せと言われたわけではないと気づき、僕は大きく足を踏み出した。うっかり痛めた足に体重を乗せてしまい喉が鳴ったが、多分表情には出なかったと思う。それよりも、安堵の気持ちの方が強く出てしまったのが自分でもわかった。

ようだ。

彼女は保健室の扉を開けると、薄暗い室内に自分で電気をつけた。保健の先生はいない

「すぐ戻ってくると思うから、ちょっと座ってて」

自室に人を招いたような気軽さで、彼女は部屋の隅から丸椅子を引きずってきて僕に勧める。自分は壁際に置かれた机の下からキャスターつきの椅子を引っ張り出してきて、僕の向かいに腰を下ろした。

「それで、他の部活では何手伝わされてるの？　垂れ幕作りの他にもあるんでしょ？」

まだ先程の話は終わっていなかったらしい。言い淀んだのは一瞬で、僕は大人しく現状を語った。

生物部の展示と水槽掃除、文芸部の進捗伺い。手品部は先程見た通りで、クラスの集まりには誰も現れず、電話で垂れ幕を書いておくよう頼まれたことなど。

腕を組んで僕の言葉に耳を傾けていた彼女は、一通り話が終わると重々しく頷いた。

「とりあえず、生物部の一年生と文芸部の部長には一言言わせてもらう」

「いや、生物部にはもう物申したでしょ？」

「それで改善されてないんだから、もう一度言いに行くわよ」

言うが早いか本気で彼女が椅子を立とうとするので、慌てて止めた。

「そこまでしなくても大丈夫だから」

「何が大丈夫なの、そんな青い顔して。そうやって文句も言わないから次々仕事が舞い込んでくるんでしょ。舐められてんのよ、わかってる？」

「その言い草だと君も僕を舐めてることになるけど」

「舐めてはいないけど、ちょろいとは思ったわよ、当然でしょ！」

当然なのか、と肩を落としたら、保健室の扉ががらりと開いた。

部屋に入ってきたのは、まだ若い、眼鏡をかけた女性だ。白衣を着ているから保健の先生だろう。案の定、椅子から立った彼女が、「先生」と白衣の人物を呼んだ。

「すみません、彼が足を捻ったみたいなので、見てもらえますか？」

先生と呼ばれた女性が、眼鏡の奥で軽く目を見開く。驚いたようなその顔は、単に足を捻った生徒が訪れただけにしては大げさで、少し引っかかった。

先生は僕と彼女を交互に見て、それからもう一度僕を見る。

「足を捻ったのは、貴方ね？」

「はい、右足を……」

「わかった。美園さんは？」

「私は大丈夫です」

そう、と柔らかな声で返事をして、ようやく先生は眼鏡の奥の目を細めた。

他の教師と比べると格段に若い保健の先生は、藤田《ふじた》先生というらしい。ズボンの裾《すそ》をまくり上げた僕の足首を見て、「腫《は》れてるわねぇ」とのんびり口にする。

「氷嚢《ひょうのう》でちょっと冷やして、あとはシップ貼っておきましょうか。それでちょっと様子見て。もしも痛みが激しくなったら、すぐ病院に行ってね。学校でできるのはあくまで応急処置だから」

「はい、ありがとうございます」

先生はにっこりと微笑む。正面から見ると、頬の辺りに薄くそばかすが浮いているのがわかった。

美人ではないが、同じクラスにいたら、ちょっといいな、と思える感じの女子だっただろう。気安い笑顔と一緒に、ぽかぽかと温かな空気をまとっている人だ。彼女とは真逆のタイプともいえる。

その彼女は、先生が保健室に入ってきてからなぜか大人しい。今も僕の横に立って、何も言わない。

先生が氷嚢を僕に手渡してきて、受け取ると中でがらりと氷が崩れた。それを機に、彼女がぽつりと呟く。

「先生……この前は、ごめんなさい」

唐突な発言に僕は目を丸くする。なんの話かと思ったが、先生は何も訊き返さずに首を横に振った。

「私こそ、無神経なことを言っちゃったみたいで、ごめんなさい」

全く話が読めない。だが、二人の間で以前何かあったらしいことだけはわかった。

僕は余計な言葉を挟むことなく、足首にそっと氷嚢を当てる。思えば彼女の顔を見た先生は、迷わず彼女を、美園さん、と呼んだ。

「二人とも、同じクラス？　文化祭の準備してるの？」

シップの準備をする先生に、彼女は首を横に振って答える。

「別々のクラスです。彼には私の文化祭の準備を手伝ってもらってます」

「私の……って、何するの？」

「落語です」

先生は眼鏡の奥の目を丸くして、あら、と小さな声を立てる。控えめに色づいた唇が、楽し気な笑みを含んだ。

「美園さんが落語するの？　いいじゃない。見に行くわ」

「体育館でやる予定なので、楽しみにしておいてください」

「えぇ？　クラスでやるわけでもないのに、よく体育館使えたわね？」

先生は彼女の言葉を疑いもしないが、僕は足より胃が痛い。体育館を使えるめどが立ったかどうか一度として僕に尋ねたこともないくせに、彼女の自信はどこからくるのだろう。

彼女が佃祭を演じるというと、先生は「誰の話？」と尋ねてきた。落語家によって話が微妙に異なることを知っているようだ。それに気づいたのか、彼女も前のめり気味に受け答えをする。二人が謝り合った直後に残っていたぎこちない空気は、僕の手当てが終わる頃にはすっかり吹き飛んでいた。

足首にシップを巻いてもらい、僕たちは揃って保健室を出た。そろそろ教室に戻らなければと足を踏み出したら、シャツの背中を彼女に摑まれる。

「今日、生物部と文芸部で学校に来てる人、いる？」

彼女の顔を見下ろして、僕はまだ彼女の機嫌が直っていなかったことを悟った。先生と楽しそうにお喋りしていたので、少しは気も晴れたと思っていたのだが。

どうなの、と低い声で重ねて問われ、僕は廊下のあちこちに視線を飛ばす。

「生物部は……この時間だと誰か水槽の餌やりに来てるかもしれない。文芸部は誰もいないと思うけど……もしかすると、部長が自分のクラスに来てるかな。クラスで劇やるって言ってたから……」

言葉の端から彼女が歩き出す。早速生物部に向かったようで、慌てて追いかけたが僕は足を痛めている。その後の彼女の暴走を、僕に止める手立てはなかった。

生物室には田宮がいた。田宮だけではない、他の一年生も全員揃っている。どうやら学校をたまり場扱いしているらしく、四人はテーブルに菓子やジュースを並べ、携帯ゲームに興じていた。

生物室に現れた彼女は、そんな彼らに前置き抜きで言った。

「生物部の垂れ幕、モモがひとりで作ったって聞いたけど、本当？」

闖入者《ちんにゅうしゃ》の出現にぽかんとする田宮たちに、彼女は一片の淀みもなく言い放った。

「だったら、後のことは自分たちでどうにかできるわね？　そもそも合宿で撮ってきた花の名前を、合宿に行ってないモモが必死で調べるのはおかしいと思わない？」

「いや、でも……」

「水槽の掃除も、貴方たちだけでできるでしょ？　ゲームやってる暇があるんだから楽勝ね？」

部屋の入り口に背を向けた彼女の顔は、僕からは見えない。だが、田宮たちの顔色を見れば大方想像はついた。美人の怒り顔は怖いと知っているだけに、可哀想にと手を合わせることしかできない。

ほとんど無理やり一年生たちから「僕たちだけで頑張ります」と言質をとった彼女は、続いて僕から斉藤のクラスを聞き出すや踵《きびす》を返した。

斉藤のいる三組には、たくさんの生徒が集まっていた。他の出し物と比べると、劇は膨大な準備を要する。だから夏休み中は、誰かしら学校に来ることになるのだろう。

運よく、というか、本人からしたら間違いなく不運なことに、斉藤は教室にいた。

教室の入り口に立って斉藤を呼び出した彼女は、またしても単刀直入に切り出した。

「モモに原稿の進捗確認させてるのって貴方？　貴方部長でしょ？　名前を貸してもらってるだけのモモに仕事押しつけてどういうつもり？　クラスで劇をやる？　役がついたって、当然主役ね？　脇役だったら張り倒すわよ」

この辺りでようやく彼女に追いついた。

初対面の女子に突然怖い顔で詰問《きつもん》された斉藤は大いに戸惑っていた。後からやって来た僕を見て、「モモぉー」と情けない声を上げる。

「なんなの、この子。さっきからモモ、モモって……モモの何？」

何、と訊かれても。

改めて問われて首を傾げてしまった。僕は一体、彼女のなんなのだろう。

結局斉藤の役は通行人Aであることが判明し、原稿の進捗確認は部長である斉藤が担当することになった。

最後は彼女と連れ立って僕のクラスに戻った。万が一教室に誰もいなかったら、彼女がうちの委員長にまで突っかかるのではとドギマギしたが、教室には数名のクラスメイトが集まっていてほっとした。全体の半分には満たない人数だが、僕が床に広げていた模造紙を見て、どんな垂れ幕にするか話し合っていたようだ。

それを見た彼女が、僕に向かってぼそりと言う。

「モモが全部背負い込まなくたって、ちゃんと他の誰かがやってくれるんだから。自分の限界超えてまで仕事なんて引き受けない方がいい」

うん、と頷いた僕に、続けて彼女は言った。

「それから、私にはモモしかいないんだから、よそ見しないで」

凪《なぎ》の海のような夏空に、さっと一陣の風が吹いた気がした。

彼女の声は、目には見えない風の姿を捉える風鈴に似て、僕は何度もうたたねから醒めるような気分になる。

瞬きをして、斜め上から彼女の顔を見下ろしてみた。だが、彼女はもうまっすぐに前を向いていて、僕の表情を窺うこともしない。

彼女が一番必死だ、と思った。

本当はクラス劇がやりたかったのに抽選から漏れ、盛り上がりに欠けるまま喫茶店をやることになったクラスメイトより、顧問に言われるまま例年通りの催しを実行しようとする生物部や文芸部より、口ばかりで一向に動かない掘先輩率いる手品部より。

自分のやりたいことを実現するためなら、他人とぶつかることすら厭わない彼女の姿は、僕には眩し過ぎて目が潰れそうになる。

その後、集まった者で喫茶店のメニューや店内のレイアウトを話し合った。大方の方針を決めてから教室を出ると、とっくに帰ったと思っていた彼女が廊下で僕を待っていた。

壁に背をつけ原稿を読んでいた彼女に慌てて駆け寄り、どうしたの、と声をかけると、彼女は少しだけ唇を尖らせた。

「着物買いに行くの、つき合ってくれるかどうかまだ訊いてなかったから」

自分ではすっかり了解したつもりでいたのだが、よく考えてみれば話の途中で堀先輩から電話がかかってきて、返答は曖昧なままだった。

その確認をするためだけに彼女が一時間近く廊下で待っていたことを知り、僕は一も二もなく誘いに乗った。なるべく早い方がいいだろうと、今週の土曜日に買い物を手伝う約束をする。

待ち合わせ場所など決めながら昇降口へ向かう途中、彼女の横顔を盗み見た。

同級生や後輩だけでなく、先輩にまできつい物言いをした後だ。言い過ぎた、と後悔しているのではと思ったが、彼女が気に病んでいる様子はない。

「何？」

僕の視線に気づいたのか、前を向いた彼女が目だけ上げてこちらを見た。つんと澄ました横顔に、おっかなびっくり僕は尋ねる。

「……さっきみたいな言い方、他の人にもするの？　結構、ずばずば言うというか……遠慮ないというか」

彼女は僕から視線を外し、平然と頷いた。

「普通に言う。遠慮する必要があるかどうかは相手を見て判断するけど、大抵しない」

「たくさん敵を作りそうだね」

「かもね。でも目的を達成するためには、遠慮なんてしてる場合じゃないでしょ。同じくらい必死な相手なら、きちんと言い返してくるし」

「嫌われるかも、とか、あんまり考えないいんだ……？」

階段に差し掛かり、また足を踏み外してしまわぬよう、自分の足元だけ見て尋ねた。

嫌われるというより、孤立することに対して彼女は不安を感じないのだろうか。集団から弾き出され、たったひとりになることに足が竦《すく》むことは？

僕ならば、と想像しただけで、足元が不安定に揺れて片手で手すりに縋りついた。

たとえば教室の中で、だだっ広い校庭で。僕以外の皆が手を繋いで、誰も僕を振り返らないなんてことになったら、きっと息ができなくなる。

手すりを握り締める僕に気づかず、彼女はすたすたと階段を下りていく。そして、振り返りもしないまま言った。

「人間いつ死ぬかわからないでしょ。明日人生が終わるかもしれないのに、卒業したらもう会わなくなる人たちの機嫌を取るなんて、どうかしてる」

きっぱりと迷いのない言葉は、極端に過ぎるような気もした。だが、竹を割ったような性格の彼女らしいと言えば彼女らしく、僕は小さく笑ってしまう。

「でも、あと一年以上は確実に一緒に過ごすのに？」

先に踊り場に下りた彼女が振り返り、心底不思議そうな目で僕を見る。

「ねえ、学校の中にしか人間がいないとでも思ってるの？」

当然、そんなわけはない。それでも眠っている時間を除いたら、僕たち高校生が一日の間に一番長く一緒にいるのは、同じ教室にいる人たちじゃないだろうか。

踊り場からこちらを見上げる彼女の視線は少しもぶれない。僕の顔めがけて飛んでくるそれを受け、きっと彼女の視線は教室の壁なんてすり抜けてしまうのだろうと、すとんと納得した。

彼女はきっと、明日とか明後日とか、そんな近いところばかり見ていない。卒業した後の、もっと遠くの日々を見定めている。

歴史の教科書で見た、黒曜石《こくようせき》の矢じりを思い出した。彼女の黒い目も、きっと矢のように鋭く、遠く遠くまで飛んでいく。足元に絡みつく、些末《さまつ》なものに煩わされることなく。

いいな、と思った。

他人の目を気にすることなく、思うままに振る舞う彼女が眩しい。

眩しくて、心臓が妙な具合にリズムを崩した。羨望と憧れと、それだけでは片づけられない何かが胸の内側で渦を巻く。

踊り場に立つ彼女を見下ろし、なんだろう、と思ったがよくわからなかった。ただ、喉より少し下の辺りが急に膨らんだようになって、息が苦しい。

感情が、生まれた瞬間から自分の名をラベルに書いておいてくれれば話は早いのだが、そうはいかないから僕たちは戸惑う。いつだって。

階段の途中で立ち止まった僕を、彼女が怪訝《けげん》そうな顔で見上げてくる。

不自然に長い沈黙に居心地の悪さを覚えたのか、彼女は肩を竦めるような仕草をした。

「人のことなんて気にしないで、言いたいことを言ったらいいでしょ。モモは結局、文化祭で何を一番やりたかったの？」

問いかけはいつもと同じくぶっきらぼうだったが、彼女の顔にわずかな緊張が走ったのがわかった。

どうやら今の言葉は、保健室に入る直前に交わした会話とつながっているらしい。

嫌だと思うなら無理に手伝ってくれなくてもいい、と彼女は言った。その裏で、協力者を失いたくないとも思っていることが、初めて見えた。

わかったら、言葉は勝手に口をついて出ていた。

「僕は、君と落語がやりたくなってきた」

自分でも、思ってもみない言葉だった。

言われた彼女もすぐには信じられなかったようで、「本当？」と、裏返った声で問い返してくる。

頷いて、腑に落ちた。自分で思っていた以上に、僕は彼女の落語がどんな形に落ち着くのか気になっていたようだ。

僕は痛む足をかばいながら、慎重に彼女の立つ踊り場まで下りる。

「一緒に落語やろう。改めて、よろしくね」

まだ驚いた顔の彼女に声をかけると、思い出したように彼女が眉間に皺を寄せた。と思ったら、いきなり背中を叩かれる。片足にしか重心がかかっていなかったので、危うくよろけそうになった。

何か気に障ることでも言ったかと覗き込んだ彼女の顔は、唇をへの字にした仏頂面だ。

「……こっちこそ、よろしく」

怒っているわけではなく、内心ほっとしたのを僕に勘づかれたくないのかもしれない。

彼女の負けん気の強さは、今日一日だけでとくと見せつけられた。

「着物、いいのが見つかるといいね」

ひりひりと背中に残る痛みには触れず、僕は手すりにつかまって階段を下りる。その横を、彼女も僕と歩調を合わせてゆっくり下りてきた。

彼女の隣を歩いていると、胸の奥で渦を巻いた感情が自己主張を始めた。今はまだ明確な名前のついていないそれも、やがて名の知れるときがくるのだろうか。

そのときまで、彼女が隣にいてくれればいい。

そんなことを思いながら、僕は少しだけ歩調を緩める。

彼女に気づかれないよう、こっそりと。

彼女と待ち合わせをした土曜日は、いつにも増して駅前が混雑していた。改札を出たものの、人波に目的とは逆の方向に流されかけたほどだ。

改札前のコンコースには、コンビニやコーヒーショップなども並んでいる。待ち合わせの人たちは人通りの邪魔にならないよう、多くが壁際に並んでいるようだ。

壁沿いをざっと歩いてみたが彼女は見つけられない。改めて携帯の利便性を噛みしめながらもう一度壁沿いを歩き、僕ははたと足を止めた。

壁際にずらりと並ぶ人の中に、ひときわ目を惹《ひ》く女性がいた。

耳にイヤホンを挿《さ》し、静かに瞼を閉じている。シンプルな白いシャツに、くるぶしが見える丈のジーンズを穿いて、足元は踵の高い黒のサンダルだ。

長い髪を後ろでアップにしているせいか、いつもより雰囲気が大人びて見逃してしまったが、よくよく見れば彼女で間違いない。

彼女の前に立ち、恐る恐る声をかけてみた。が、反応がない。よほどイヤホンから流れる音に集中しているようだ。

少しばかり逡巡してから、僕は思いきって彼女の肩を叩いた。

ぱっと彼女は目を開けて、小鳥のような素早さでこちらを見上げる。

真正面から見た顔が、いつもと違って見えてどきりとした。

髪を上げているせいか、これまで気に留めたこともなかった首の細さに目を奪われた。

耳元にはイヤリングが揺れている。いつもより唇が赤い。リップか何か塗っているようだ。

今日は随分おしゃれをしている。学校の外ではいつもこうなのだろうか。それとも僕と会うから――などと己惚《うぬぼ》れた考えが浮かび、僕は慌てて首を振った。

「もしかして声かけてくれた？　ごめん、ぜんぜん気がつかなかった」

「大丈夫。それより、何聞いてたの？　音楽？」

彼女はどんな曲が好きなのだろう。意外と趣味が合ったら面白いな、と思ったのだが、彼女の返答はいつも予想の斜め上を行く。

「落語。死神っていう演目」

壁際から離れながら、彼女はさらりと不穏なタイトルを口にする。しかもまた落語だ。今時の女子高生とは思えぬほどに趣味が渋い。

「それ、どんな話？　ずいぶん真剣な顔で聞いてたけど」

人ごみの中を彼女と並んで歩きながら僕は尋ねる。目を閉じて落語を聞いていた彼女は、眉間に薄く皺の寄った深刻な顔をしているように見えた。

僕に問われるまま、彼女はすらすらと死神の内容を語り始める。

金に縁のない男の前に、ある日死神が現れる。死神は男に「いい儲け話がある」と囁き、男に医者になることを勧める。

病人の側には必ず自分と同じような死神がいる。死神が枕元にいればその病人は助からないが、足元にいる場合は呪文で追い払うことができる。死神からその呪文を教えられた男は、自らを医者と偽り大儲けをする。

そんなある日、とある金持ちの家に呼ばれた男は、その家の主人の枕元に死神がいるのを発見。これは助からないと帰ろうとするが、家族に大金を見せられ一計を案じる。明け方、死神が居眠りをしている隙に主人の布団を回転させ、主人の足元に死神が来るようにして呪文を唱えたのだ。

おかげで主人の病は全快。大金を抱えて家路についた男の前に、最初に出会った死神が現れる。

死神を騙したことがばれ、男は地下の洞窟に連れ去られる。そこにはたくさんのろうそくが揺らめいており、その一本一本が人間の寿命だという。

死神は今にも消えそうなろうそくを指さし、『あれがお前のろうそくだ』と男に告げる。『お前は欲に目が眩み、病気だったあの主人と命のろうそくを交換したのだ』と。

「死にたくないって泣きつく男に、死神は新しいろうそくを差し出すの。『火を消さずにろうそくを継ぎ足すことが出来たら、寿命を延ばしてやる』って。でも、男は緊張で手が震えて、最後はふっとろうそくが消える……」

「……なかなか後味の悪い話だね」

話しているうちに駅を出た。真上から照りつける日差しに僕は目を眇める。

「違うオチもあるよ。男に小さい娘がいるって知った死神が同情して、もう一度だけチャンスをくれるの。二度目は男も火を継ぐことに成功して、その後は家族と仲良く暮らしましたって話」

「ハッピーエンドもあるんだ」

「そう、心温まる系のオチ。あとはね、一回で無事火を継いだ男に、死神が言うの。『今日がお前の誕生日だ。ハッピーバースデートゥーユー』って。で、調子に乗った男はバースデーケーキに立てたろうそくを消すみたいに、ふっとろうそくを消して死んじゃう。私はこれが一番好き」

「……そんなにいろいろオチがあるの？」

彼女の趣味をあれこれ言う前に、ひとつの話にそれだけ異なる結末があることに驚いた。佃祭も、与太郎が泣くシーンは彼女が語る落語家の噺にしかないと聞いたが、途中のシーンだけでなく結末まで落語家によって変わってしまうとは。

真昼の太陽が照りつけるコンクリートに視線を落とし、彼女はまた思案気な顔をした。

「本当は、文化祭で死神をやろうか佃祭をやろうか迷ってたんだけど」

「死神だったらどのオチにするつもりだったの？」

「決まらなかった」

サンダルの踵で地面を蹴って、彼女は天を仰いだ。真上からの日差しに晒された彼女の顔は、眩しいのか悔しいのか、とにかくぎゅっと顰められている。

「どのオチもぴんとこなくて、だったらいっそ自分で新しいオチを作ってみようかとも思ったんだけど、上手くいかなかった。もしも主人公が死なない展開で納得のいくオチを思いつければ、舞台でやろうと思ってたんだけどね」

正面に顔を戻した彼女は、汗でもかいたのか手の甲で額を拭う。彼女が手を上げると、七分丈のシャツの袖口から、二本並んだ電話番号が見えた。

「……今日は青いんだね」

彼女はすぐに僕の視線に気づいて、自分も左手の内側を覗き込んだ。

これまでも彼女の腕の電話番号は何度も見てきたが、いつも黒いペンで書かれていた。けれど今日は青だ。ジーンズと色を合わせたのかもしれない。

駅で彼女を見つけられず右往左往した僕は、彼女の腕に並ぶ番号をうらめしく眺める。

「いい加減、僕の電話番号もどこかに書いておいてよ。探すの大変だからさ」

「気楽に言わないでよ。人の肌はメモ帳じゃないんだから」

「現にアドレス帳代わりに使ってるくせに。家族の番号だけしか書いてないの？　友達のは？」

「書いてない。全員書いてたら耳なし芳一になるもの」

「じゃあ、それ以上増えることはないんだ」

なんの気なしに言ってみたのだが、返事がなかった。ちらりと見れば、彼女が左手首の内側を見詰め、小首を傾げたところだ。

「もしも家族以外で書くとしたら……好きな人の番号くらいかな」

彼女の首の動きに合わせ、耳元のイヤリングが小さく揺れる。銀のイヤリングが日差しを鋭く跳ね返し、ついでに思いがけず女の子っぽい発言にドキッとした。

僕は、うん、とも、ううん、ともつかない返事をして、自分の番号を書いてほしいなんて気楽に言った自分を恥じた。

そういうことなら、不便だからなんて理由で僕の番号を書いてもらうのは不可能だ。僕はせいぜい必死になって、自力で彼女を探すしかないらしい。

駅を出てから十分ほど歩き、僕たちは着物のリサイクルショップに到着した。

想像よりも小ぢんまりした店は、教室の半分くらいの広さだろうか。着物がぎっしりかかったハンガーラックが、壁際はもちろん、店の中央にも何列も並んでいる。

どことなく樟脳《しょうのう》の匂いがする店内を見回していると、奥から着物姿の女性が現れた。店員のようだ。僕の母親より少し年上、といったところだろうか。

応対してくれた店員に、彼女は堂々と要件を告げる。

「あら、文化祭で落語を？」

「そうなんです。なので、三万円以内で揃う着物が欲しいんですが」

後ろで二人の会話を聞いていた僕は、思った以上に彼女の予算が高額で驚いた。文化祭でたった一度着るだけの着物に、三万も出すとは。

店員も同じことを思ったらしく、少しばかり迷う顔で店内を見渡した。

「着物だけでなく、浴衣なんかもありますよ？」

「……浴衣、ですか」

「ええ。浴衣でも、半襟をつけたり、しっかりした帯に帯締めをつけたりすると雰囲気が変わりますから。まずはどんどん試着してみてください」

店員が店の奥にある試着室を指さす。そこで初めて、彼女の顔に困ったような表情が浮かんだ。

「あの、でも……私まだ、着方がよくわからなくて」

「大丈夫ですよ、着付けて差し上げますから」

店員が笑顔で胸を叩く。幸い店内に僕たち以外客はいない。彼女はほっとした表情になって、いそいそと着物を選び始めた。その後ろで、僕はこそっと彼女に尋ねる。

「どんな着物にするの？　やっぱり無地？」

「やっぱりって、どういうこと？」

「笑点に出てくる落語家って、皆無地の着物着てるから」

「そんなわけ――え、別に、そういうものじゃないでしょ？」

一度は笑い飛ばしかけたものの、確信がなかったのか焦った顔で彼女が問い返す。特に決まりはないと思いますよ、と店員が笑いを堪えて言ってくれなければ、僕らは黄色や水色一色の着物を延々と探し続けていたかもしれない。

その後は、彼女と店員の二人が熱心に着物を選び、僕は後ろでそのやり取りを見守るだけになった。

大人びた縞の模様や、大胆な花柄、紺の絣《かすり》などを次々彼女は試着していく。試着室から出るたび、「どう？」と僕に訊いてくるのだが、僕は「いいね」としか答えられない。彼女は不満そうだったが、これ以上気の利いたセリフが言えるのなら、待ち合わせの段階ですでに髪型のひとつも褒めている。

最終的に彼女が選んだのは、紺に白いダイヤ柄が並ぶ浴衣だった。それに赤い帯を締め、クリーム色の帯締めを合わせる。半襟は白で、清潔感のあるコーディネートだ。

紺の浴衣なんて地味になりそうなものだが、赤い帯を合わせたおかげか、はつらつとした印象になった。アップにした髪も浴衣に似合っている。

予算よりずいぶん安く済んだようで、舞台で使う予定もない下駄まで彼女は買っていた。

上から下まで隙なく彼女を着付けた店員は、会計を済ますともう一度彼女を見て、満足そうに頷いた。

「とってもお似合いですよ。せっかくだから、このまま夏祭りに出かけたらいかが？」

夏祭り、と僕らは声を合わせる。

店員によると、近くの神社で夏祭りが開かれていて、境内には出店なども出ているらしい。夜には河原で花火も上がるという。駅前が人で溢れ返っていたはずだ。

店を出て、僕らは互いに視線を交わす。

せっかく着付けてもらったからと、彼女は浴衣を着たままだ。洋服は、店でもらったビニール袋に入っている。

思った以上に浴衣選びに時間をかけてしまったらしく、空はすっかり茜色に染まっていた。下駄を履いた彼女の爪先が、夕日を浴びた地面に仄白《ほのじろ》く浮かび上がる。

このまま彼女と別れてしまうのは、少しだけ惜しいような気がした。せっかく彼女は浴衣を着ているのだし、一緒に祭りを回ってみたい気もする。

けれど、彼女の方はどうだろう。もう目的は達成したし、さっさと帰りたいのではないか。履き潰した運動靴の中で、僕の爪先だけがそわそわと落ち着かない。

帰ろうか、と言うのは、少し淋しく、物足りない。だからと言って、祭りに行こう、と屈託なく誘えるほどの度胸もない。

結局、「どうしようか」と選択を彼女に丸投げすることしかできなかった。

彼女のことだ、祭りに興味があるなら行くし、無いなら帰ると即座に決めるだろう。そう思ったのだが、彼女は考え込むように俯いて、なかなか返事をしなかった。

「……行ってみようかな、お祭り」

しばらくしてからぽつりと呟かれた言葉は、暮れ方の空のように曖昧な色を帯びて、僕も一緒に行った方がいいのか、それとも彼女ひとりで行くつもりなのかよくわからない。

一緒に行っていいのだろうか。

行こうか、と言った途端、彼女に迷惑そうな顔をされたら死ぬほど後悔しそうだ。でも、帰ろうか、と言って残念そうな顔をされたら、きっともっと後悔する。

僕は何度か体の脇で手を握り直してから、思いきって汗ばんだ掌を彼女に差し出した。緊張が喉に伝わり声が上ずってしまわぬよう、唾を飲み込んでから口を開く。

「荷物、重そうだから持つよ」

彼女と一緒に祭りを回る、これ以上ない言い訳だった。

彼女が驚いた顔でこちらを見る。赤く色づいた唇が小さく動くが、なかなか言葉は出てこない。差し出した掌に新たな汗がじわりとにじんだ。これで断られたら格好がつかない。

「……ありがとう」

だから、わずかに俯いた彼女がそう言って荷物を差し出してきたときは、荷物持ちを任されただけにもかかわらず、内心ガッツポーズを作ってしまった。

夏祭りが開催されている神社は、店から歩いて十分足らずの場所にあった。

境内は広々としていたが、駅の改札前と同等に混み合っている。人がひしめき合って、足元すらよく見えない。どこに石畳があるのかもわからない状況で、たくさんの人が互いの肩を押しつけ合うようにして歩いていた。

茜色だった空は藍色に変わり、頭上に並んだ提灯《ちょうちん》と裸電球がにぎやかに揺れる。さざめくような笑い声がそこここで重なり、境内に設置されたスピーカーからは絶えず祭囃子《まつりばやし》が流れていた。大きな盥の中で泳ぐ金魚の鮮やかさや、少し焦げたソースの甘い香りに翻弄され、僕たちはとりあえず祭りの定番のたこ焼きを買い、境内の隅で立ち止まった。

「すごい人……。ねえ、着物崩れてない？」

「うん、大丈夫だと思う」

「花火が上がるの、七時だって。あと三十分くらい？　近くに河原があるから、土手を歩きながらだとよく見えるって」

「あの店員さんそんなことまで言ってた？」

「さっきモモがなかなか前に進めないでいたとき、後ろにいた人たちが喋ってたのが聞こえたの。花火も見に行ってみる？」

ついでのように彼女は花火に誘ってきたが、爪楊枝《つまようじ》を刺したたこ焼きを取り落としかけたから、少しくらい緊張していたのかもしれない。

自惚れだろうなと思いつつ、「行ってみようか」と僕も答える。できるだけなんでもないふうを装って答えたが、焦ってたこ焼きを口に放り込んだので舌を火傷してしまった。彼女にばれていないことを祈るばかりだ。

たこ焼きを食べていたら、自宅から電話がかかってきた。思ったよりも帰りが遅くなったので、家族に心配させてしまったようだ。夏祭りに来ている、と母親に告げると、母の隣で僕たちの会話を聞いていたらしい妹が奇声を上げた。ずるい！　とわめき立てられてしまったので、何か土産を買っていくと約束する。

たこ焼きを食べ終えてから、境内を回って妹のお土産を買った。

『魔法少女カリンちゃん』のイラストが描かれた綿あめや、お面、ビニール製の水風船に光る腕輪など、軒並みカリンちゃんの絵が描かれた商品を買い漁る。

「さっきから、なんでその女の子が描かれてるものばかり買ってるの？」

僕がバーガーショップでカリンちゃんのフィギュアをもらったときは何も言わなかった彼女だが、さすがに今回はスルーしきれなかったようだ。「妹にお土産」と答えたが、釈然としない顔をされてしまった。

再び人通りの少ない境内の隅に移動して、僕は店の人が好意でくれた大きなビニール袋に戦利品の数々を詰めた。

「そんなに何人も妹がいるの？」

「いや、ひとり」

土産の入った袋は、彼女の服が入った袋と同じくらいに膨らんでいる。我ながら、若干買い過ぎた自覚はあった。財布の中が心もとない。だが、妹に黙って夏祭りに来てしまった後ろめたさは、これくらいの土産でも用意しないと払拭されない。

ビニール袋から覗くカリンちゃんのイラストと僕を交互に見た彼女は、口元を手で覆ってこそっと呟いた。

「……シスコン？」

アニオタ？　と訊かれる覚悟はしていたが、思っていたのと違う言葉が飛んできたのでとっさに反応ができなかった。思いがけず、本音が口から転がり落ちる。

「そんなに可愛いものじゃないかな……」

たちまち彼女の顔が強張り、わずかに体を後ろに引く。

「……まさか、本気で……」

「え、あ？　いやいや、違うからね？」

あらぬ疑いをかけられていることに気づき、僕は慌てて顔の前で手を振る。それでも彼女が疑わしい目でこちらを見てくるので、どうしたものかな、と空を仰いだ。

頭上には、夜空の星をかき消すほどにまばゆい裸電球が揺れている。瞼《まぶた》を閉じても目の裏に緑の光が残り、そんなものに気を取られたせいか、ふっと口先が緩んだ。

「僕は妹を殺しかけたことがある」

境内に設置されたスピーカーから流れる祭囃子の音が、一瞬ひずんだ。

神社に祀られた神様に、不謹慎なことを言うな、と睨まれた気分になって肩を竦める。

冗談だと笑い飛ばすつもりで彼女に目を戻した僕は、それきり声を失った。

彼女は浴衣の襟元を握り締め、真っ青な顔で地面を見ていた。

冗談にしても質が悪過ぎたかと焦っていたら、彼女がその場に座り込んだ。さすがに驚いて、僕も慌てて彼女の傍らに膝をつく。

「どうしたの、気持ち悪くなった？」

「……違う、痛い……」

「どこが？」

浴衣の胸元を掻きむしるような仕草をした彼女は、泣き言を無理やり呑み込むように喉を上下させ、きつく目をつぶった。

「足、鼻緒が擦れて……」

声の振動が体に伝わるだけで痛みが増すとでも言いたげに、彼女は強く唇を噛んだ。額には脂汗が浮いていていて、僕はおろおろと辺りを見回した。

周囲にはたくさんの大人がいるが、一体誰を頼ったらいいのかわからない。しゃがんでいるせいでいつもより視線が低く、急に幼い子供に戻ってしまった気がした。

うろたえて動けずにいると、彼女が絞り出すような声で言った。

「……水、買ってきて」

僕は弾かれたように立ち上がると、彼女の服や、妹への土産が詰まった袋はその場に残して屋台に走った。

屋台でペットボトルの麦茶を買う。氷を浮かべたビニールプールからざばりと引き上げられたそれを握り締め、彼女のもとへ駆け戻った。

まだ境内の隅に座り込んだままの彼女は、なぜか自分の服が入った袋に腕を突っ込んで、がさがさと何かを探していた。

「買ってきたよ。麦茶でよかった？」

僕が彼女の前に回り込むのと、顔面蒼白の彼女が袋から小さな容器を取り出すのは同時だ。切迫した表情で何を出したのかと思えば、彼女が握っていたのはフリスクの容器だ。

状況を理解できない僕に、彼女が無言で片手を突き出す。僕がペットボトルの蓋を外しているうちに彼女はフリスクを口に放り込み、麦茶でそれを流し込んだ。

二口程麦茶を飲むと、彼女は力尽きたように俯いてしまった。僕も恐る恐る彼女の隣にしゃがみ込む。

「それ、確かに見た目は薬と似てるけど……痛み止めの効果とかないでしょ？」

問いかけた。

「……いいの、気休めだから」

俯いたまま喋るので、彼女の声はくぐもって聞こえにくい。迷ってから、僕はそろりと問いかけた。

「本当に、痛いのは足？」

彼女からの返事はない。この近距離だ、僕の声が聞こえなかったわけはないと思うのだが、もう一度同じ質問を繰り返すのはためらわれた。

僕の足がしびれてくる頃、ようやく彼女がのろのろと顔を上げた。少しは痛みが去ったのか、先程のように顔を歪めることはなかったが、うっそりと青白い顔をしている。

遠くで、どぉん、と低い音がした。花火が始まったらしい。

膝を抱えたまま空を見上げるが、どの辺りで花火が上がったのかはよくわからない。彼女は空を見る気力もないようだ。これでは河原にも行けないだろう。

「……帰ろうか」

空を見たまま、半ば自分に言い聞かせるように呟く。すぐに彼女が反発した。

「花火見たい」

「……だって、痛いんでしょう？　……足」

本当に足が痛むのかは疑わしかったが、あえてそう口にする。

彼女はむっと唇を引き結び、「見たい」と繰り返した。まだ頬は青ざめているが、いくらか痛みはましになったらしい。表情が普段のそれと近くなる。

こんなときでも、駄目だよ、とか、嫌だよ、なんて言葉を口にすることができない僕は、小さな溜息と共に立ち上がった。彼女にも手を貸して、ゆっくりと引っ張り起こす。

「河原まで行ってみようか。でも、途中でまた痛くなったら、本当に帰ろう」

僕の精一杯の譲歩に、彼女も不承不承頷いてくれた。

早速河原に向かったものの、思った以上に彼女の歩みはままならない。本当に足も痛むらしく片足を引きずっているし、顔をしかめて腹をかばうような仕草もする。

遅々として進まない歩みは、幼い頃の妹と連れ立って歩く記憶を呼び起こす。そのせいか、深く考えもせずにこんなことを言ってしまった。

「おんぶしてあげようか？」

言われた彼女はぎょっとした顔で、本気かと言わんばかりに眉を顰めた。

「冗談でしょ、裾が乱れる」

「じゃあ横抱きにしようか？」

「……なんでそういうこと真顔で言えるの？」

「病人相手だから。それとも帰る？」

できれば、帰る、と言ってほしかったのだが、彼女は僕の意図を悟ったのか、ぎゅっと眉間を狭めて僕に片手を突きつけた。

「肩貸して」

　言われた通り彼女に近づき、身を屈める。肩に彼女の腕が回され、ぐっと互いの距離が近くなった。シャンプーだろうか、甘い香りが鼻先をくすぐって目が泳ぐ。何より彼女の顔が近い。

　しばらく彼女に肩を貸してぎくしゃくと歩いていたが、いかんせん身長差があり過ぎる。歩きにくい、と彼女が不平をこぼし、しかし帰るとは絶対に言わず、結局僕が彼女を背負うことになった。

　互いの息遣いさえ感じる近さで顔を寄せ合うことに比べたら、彼女を背負うことにさほど抵抗はなかった。河原の場所はよくわからなかったが、境内から吐き出された人々が一方向へぞろぞろと歩いていくので、恐らくこの先に何かあるのだろうと見当をつけて歩き出す。

　片手に彼女の服が入った袋を持ち、もう一方の手に土産の詰まった袋を持ち、ついでに浴衣姿の彼女を背負って歩く僕を、道行く人たちがちらちらと振り返る。そりゃ気になるだろうな、と半分投げやりな気分で歩いていたら、肩口で彼女が呟いた。

「そういえば、足もう大丈夫なの？　学校で階段から落ちたけど……」

「うん、帰ってすぐに冷やしたから。もう痛みもないし」

　そう、といくらか安堵したように呟いて、彼女は僕の肩に頭を乗せる。

それきりふつりと会話が途切れた。夜空で轟音が響いて顔を上げると、背の高いマンションに半分隠された花火が、夜空のてっぺんからばらばらと火の粉を落としている。

背中で彼女も見ているだろうか。声をかけようとしたら、首に回された彼女の腕に力がこもった。

「ねえ、さっきの冗談だよね？　妹さんを……って」

僕以外の誰にも聞かせないつもりか極限まで彼女の声は潜められていて、少しだけ、河原に向かう足が鈍った。

僕は無理に歩調を戻すことなく、一度止まって彼女を背負い直す。束の間立ち止まり、息を整えてからまた足を踏み出した。

彼女が頑固に花火に行きたがった理由を、うっすら理解した気がした。

妹を殺しかけた、なんて物騒な僕の言葉を冗談と笑い飛ばすことができず、うやむやにしてしまうのも気がかりで、それで彼女は帰り道とは反対にある河原へ僕を誘ったのだろう。煌々と明るい電車の中で話せる内容ではないと配慮してくれたのかもしれない。

歩きながら、どこから話すべきか考えた。

僕が妹を殺しかけたシーンだけ聞かせてもよかったのだが、それではわざわざ殺すなんて不穏な言葉を使った理由が伝わらない。考えた末、素直に最初から話すことにした。

「僕と妹は、血がつながってないんだ。妹は、母と再婚した父の連れ子だから」

自分で言ってみて、なんだかややこしいな、と笑ってしまった。

一方の彼女は笑わない。僕は笑いを引っ込め、順を追って説明した。

僕の父親――血のつながった、本当の父は、僕が物心つく前に事故で他界した。

母が今の父と再婚したのは、僕が小学三年生のころ。新しい父には、一歳になったばかりの娘がいた。それが妹の愛実だ。

再婚後、母は義理の妹にかかりきりになった。妹はまだ離乳食の真っ最中で、当然おむつも外れていない。夜中に突然泣き出すこともあり、時間も場所も問わず、僕が見るたび母は妹を胸に抱いていた。少なくとも、当時の僕にはそう見えた。

母だって、妹を寝かしつけた後は僕の話を聞いてくれたり、宿題を見てくれたりしていたはずだ。けれど、それまで母と二人きりで過ごしていた僕は、母と過ごす時間を丸ごと妹に奪われたような気がして、正直妹の存在が疎ましかった。

その埋め合わせのつもりだったのか、妹が二歳になる直前、日曜日に家族三人で遊園地に行くことになった。母と、僕と、妹の三人だ。

再婚当時、父はあまり家にいなかったように思う。今は遅くとも夜の十時には帰って来るし、土日もほとんど家にいるが、あの頃は休日も家を空けがちだった。

「父さん抜きの三人で出かけることになったんだけど、前日になって妹が熱を出したんだ。母さんは夜通し看病してたけど妹の熱は下がらなくて、遊園地は中止になった」

彼女を背負いながら喋っているうちに息が上がってきた。それを悟られぬよう、言葉の合間にひそやかな深呼吸を挟んで続ける。

「頭ではわかってたんだ。妹は具合が悪いんだから、遊園地には行けないって。でも、理解はできても納得ができなかった。どうして僕ばかり我慢しなくちゃいけないんだろうって——」

河原が近づいてきたのか、道行く人が増えてきた。代わりに住宅や街灯の数が減り、辺りは段々暗くなる。

遊園地を諦めきれなかった僕は、リュックを背負って玄関で母を待った。しばらくは妹の看病を続けていた母も、根負けして玄関先まで来てくれた。

せめてお父さんが帰ってくるまで待って、と宥《なだ》められたが、僕は聞かなかった。妹にばかり構う母に対するうっぷんもたまっていたため、玄関先で嫌だ嫌だと大暴れした。泣いて、わめいて、抱きすくめようとする母を突き飛ばし、爪を立て、さすがに疲れて玄関先に座り込んだとき、奥の部屋から異音がした。

僕が泣きわめいている間も、その音はずっと続いていたのだろう。はっとした顔で母が振り返る。

静かな部屋の奥から響く、ごぼっ、ごぼっ、という泥の沸くような音。あれを思い出すと、今でも背筋が冷たくなる。血相を変えて部屋に戻った母の背中を見て、ただならぬことが起きていると感じた僕も、ふらつきながら後を追った。

音の出どころは、妹が寝ていた寝室だった。

ごぼ、ごぼっ、という不穏な音は、ベビーベッドに寝かされた妹の、小さな口から発せられていた。不気味な音を立てながら、妹が不規則に体を痙攣させている。

母親が悲鳴じみた声を上げて妹の名を呼ぶ。立て続けに玄関で物音がした。父が帰ってきたのだ。

僕は痙攣する妹を見ているのが怖くて、慌てて玄関に駆け戻った。

当時はまだ新しい父を「お父さん」と呼ぶことに抵抗があったのだが、このときばかりはすがる思いで父を呼んだ。異変を察した父が、慌ただしく靴を脱いで妹のいる寝室へ駆けていく。

僕は妹の部屋に入ることができず、入り口からそっと室内の様子を窺った。

母が口早に状況を説明する。険しい顔をした父が妹の顔を覗き込み、いつもより低い声で言った。

「熱があるなら、どうしてすぐに病院に連れて行かなかったんだ」

「だって……」

口ごもった母が、ちらりとこちらを見た。つられたように父も振り返り、僕は慌てて自分の部屋に逃げ込んだ。

自室に閉じこもってみても、ドアを隔てた向こうで母たちが切迫したやり取りをしているのが伝わってくる。

ドアに背をつけて立っている間、ずっと膝が震えていた。妹のベッドを囲んだ父と母がこちらを振り返った瞬間の、みぞおちに氷を押しつけられたような感覚が繰り返し蘇る。

僕のせいになるんだ、と思った。

僕が遊園地に行きたいなんて駄々をこねたから。それで母が妹の側を離れたから、だから妹は大変なことになってしまった。

あのときの、僕のせいにされる、という恐怖を、未だに強く覚えている。

僕のせいだ、と反省したわけではなく、大人――特に新しく家族になったばかりの父に、「全部お前のせいなんだろう」と激しく責められることにひどく怯えた。そして、母が父の肩を持って、同じように僕を責めるのではないかと。

そうなったら、僕はこの家にいられない。

まだ家族になりきっていなかった、父と、母と、妹と、僕。その中から、僕だけが弾き出されてしまうと恐怖した。

その後、妹はタクシーで病院に運ばれ、そのまま入院することになった。入院中に突発性発疹も併発して、母は一週間近く小児病棟に泊まり込んだ。

病院で、母と妹の結束が強まってしまうことを僕は何より恐れた。だから誰に頼まれてもいないのに、病室の妹を毎日見舞い、着替えやタオルなどを届けた。

父は相変わらず仕事が忙しかったようで、顔を合わせるのは朝食の時間くらいだった。帰ってくるのは僕が布団に入る頃で、夜はほとんど口を利くこともない。

父と向かい合う朝食時の重苦しい空気は、きっと一生忘れられないだろう。砂をまぶしたような白米の味も。

「人に何か頼まれたときとっさに断れないのは、多分、あのときのことが忘れられないからじゃないかと思うんだ」

ようやく土手に辿り着いた。乱れた息を抑え込み、コンクリートの階段をよろよろと上って土手に立つ。顎先から、両手がふさがっているせいで拭えない汗が滴り落ちた。

川辺で花火を眺める人々に交じって立ち止まると、ひゅるるる、という高い音と共に、夜空に光の筋が描かれた。

瞬きにも満たない静寂の後、頭上で大きな花火が上がる。音と光はほとんど同時だ。腹の底が低く震え、花火を見上げる人たちの顔が夜の河原に白く浮き上がる。

妹が退院した後、僕は母に何も要求しなくなった。意に沿わないことがあっても、声高にそれを責めることはしない。

我を通そうとすれば他人に迷惑をかける。最悪の場合、取り返しのつかないことが起きてしまうかもしれない。その結果、コミュニティから弾き出される危険もあるのだと知った僕は、それからしばらく家の中で息を潜めるようにして過ごした。

家族という、小さくて、でも恐ろしく密度の高い集団から追放されるのが怖い。ひとりで生きていく術のない子供がそこから追い出されるということは、死に至る道に放り出されるようなものだ。

あのときの恐怖は全身を覆う薄い皮膚の下にへばりついたままで、「嫌だ」の一言を口にしようとすると未だにぐいぐいと僕の喉元を締め上げる。玄関先で響いた幼い自分の「嫌だ」という叫びと、ごぼ、ごぼ、という妹の苦しい息遣いが僕を追い立てる。

「妹さんが入院した後、お父さんに怒られた……？」

立て続けに上がる花火の音に、彼女のひそやかな声が忍び込んだ。僕は額から目に流れ落ちる汗を瞬きで払い、全然、と首を振る。

父はおそらく、母から事の顚末《てんまつ》を教えられていたはずだ。けれど一度も僕を責めることはしなかった。母が妹と病院に泊まり込んでいる間など、「愛美がお母さんをとっちゃってごめんな」と謝ってくれたくらいだ。

今だって、家族仲はいい方だと思う。家の中で顔を合わせれば、父は必ず僕を呼び止める。そして多分、本物の親子より少しだけ気を遣った口調で話しかけてくる。

一年で一番日が長い夏至でも、地中にはまだ冷たい土が残っているなんて話を父がしてくれたのは、僕が中学に上がったばかりの頃だろうか。

自分も父親からそんな話を聞いたのだと言い足した父は、きっと僕に歩み寄ろうとしてくれている。それなのに、かえって自分たちは父と息子になり得ない事実を浮き彫りにされたように感じたのは、僕に負い目があるせいだ。

妹が熱性けいれんを起こし、父と母が妹を囲んで病院に駆け込んだあの日、両親と妹の三人が家族という完璧なトライアングルを作ってしまった気がしてならない。未だにその中に入ることができない僕は、すがるように何も知らない妹に目をかけてしまう。

手首にかけた袋には、妹への土産がぎっしりと入っている。妹が僕を兄と慕ってくれている間は、間違いなく僕も家族の一員なのだと思い込みたい必死さが、手首に重く食い込んでくる。

「……そろそろ下ろして」

ぼんやり花火を眺めていたら、背中で彼女が身じろぎした。

地面に下りた彼女が、浴衣の裾を整えながら小さな声で礼を言う。彼女の顔色は大分よくなっていて、僕はほっと胸を撫で下ろした。

と思ったら、急に彼女が夜空に向かって声を放った。

「思春期のニキビとかけましてー、家族とときます」

彼女が張りのある声を上げると同時に、頭上で花火が炸裂《さくれつ》した。わっと周囲で歓声が上がり、耳に飛び込んでくる音が唐突にクリアになる。

昔のことを喋っている間、水に潜っているときのように自分の声がくぐもって聞こえていたことに初めて気づいた。水面からざばりと顔でも出した気分だ。

ぽかんとする僕を見て、彼女は片方の眉を吊り上げる。

「なぞかけ、知らないの？　十五夜とかけまして、賭け事とときます、その心は？　ってやつ」

「ああ……うん、知ってる。……ちなみに、その心は？」

「どちらもツキが必要でしょう」

なるほど、と頷いた僕に、彼女は同じ言葉を繰り返した。

「思春期のニキビとかけましてー、家族とときます」

「……その心は？」

「どちらもいつの間にかできているでしょう」

うん、と頷いてから、うん？　と首を捻った。先に出てきたなぞかけと比べると、ちょっとぼんやりしているというか。主観が大いに混じっているというか。

「……上手いかな、それ」

「そんなに難しく考えなくても、家族なんて思春期のニキビくらい軽率にできるってこと。夫婦って単位がすでに、昨日まで他人だった人たちなんだから」

だから気にするな、ということか。彼女なりの気遣いだろうが、素直に頷くことは難しい。父が僕を息子と認めてくれているのか確信が持てない上に、僕と血がつながっていないことを知ったとき、妹が僕を兄と呼んでくれるかもわからない、こんな状況では。

知らず沈んだ表情になっていたのだろう。黙り込んだ僕を彼女が一笑する。

「そうやって昔のことなんて気にしてるから、未だに『嫌だ』の一言も言えないわけね。それで散々無茶な仕事を押しつけられてるの、わかってるんでしょ？」

無茶な仕事の筆頭は君の落語だけどね、と思ったけれど、口には出さなかった。花火に照らされ闇に浮かび上がった彼女の横顔が、どこか怒って見えたからだ。

「そんなことじゃ、他人に利用されてつまんないことしかできないわよ」

「……別に、不満はないよ。頼まれごとを押しのけてまでやりたいこともないし」

「自分のやりたいこともわからないまま過ごすつもりなの」

「君みたいに自分の欲望に忠実過ぎる人も珍しいと思うけど……」

「だったら、せいぜい私に利用されておいて」

それまで夜空を見上げていた彼女が、ぱっとこちらを向いた。

「その代わり私を見ていて。見て。できれば変わって」

ひゅるる、という高音が生ぬるい夜気を裂いて、彼女の頬が橙に染まった。

僕はそのとき彼女の顔しか見ておらず、実際の花火は視界の端で捉えたに過ぎない。

それなのに、彼女の意志の強い瞳や、耳元で揺れるイヤリングが跳ね返す光は、夜空で咲き崩れる花火と同じくらい鮮烈で、束の間言葉を忘れた。

間を置かずにまた花火が上がる。今日上がった花火の中でも特に大きなものだったらしく、一際大きな歓声が上がった。その声で我に返り、僕は小さく瞬きをする。

彼女は僕から目を逸らさない。ともすれば、睨んでいるのかと思うくらい強い眼差しを向けてくる。

彼女の言葉を何度も胸の中で繰り返してから、僕はそろりと彼女に尋ねた。

「……僕は変わった方がいいのかな？」

「そう思う。もう少し自分の意思を外に出した方が、きっといい」

「でも、そうすると他人と意見がぶつかりやすくなる。やりたいことにこだわり過ぎると、我儘って言われることもある。だったら黙っていた方が……」

「その代わり悔いが残る」

僕の反論を、彼女はバッサリ切り捨てる。

「他人とぶつかりたくないからって本音を呑み込んだら、自分にしかわからない悔いが残って、誰にも肩代わりしてもらえなくて、死ぬまで引きずらなきゃいけない」

目の端で次々と花火が上がるが、彼女はちらりともそちらを見ない。僕の顔だけを見詰め、決然とした口調で言う。

「私は死ぬとき、今以上に悔いを増やしたくないの」

死ぬとき、と言われても、正直ぴんとこなかった。

だからどうしても、僕の言葉はありきたりなものになる。

「でも、誰だって悔いの一つや二つ、あるのが当然、のような……？」

この先高校を卒業して、大学に入って、就職をして、そういう過程の中で、いくらか悔いが残ってしまうのは仕方のないことのように思えた。むしろ、彼女のように真剣に悔いを残さない方法を考えている女子高生の方が稀だ。

僕の表情からそんな思いを読み取ったのか、彼女はふいと僕から視線を逸らした。

「まぁね。死ぬ間際にならなきゃ、こんなこと本気で考えたりしないでしょ」

彼女の言葉を皮切りに、間断なく花火が上がり始めた。フィナーレが近いようだ。

周囲から、歓声と共に携帯カメラのシャッター音が上がる。まだ一枚も写真を撮っていないことを思い出し、僕もズボンのポケットから携帯を取り出した。

カメラを起動し、空に向かってレンズを向ける。シャッターを押そうとしたそのとき、彼女がぽつりと呟いた。

「撮ったら忘れる」

シャッターボタンに伸ばしかけた指を止め、僕は彼女を振り返る。彼女は僕を見ることなく、瞬きすら惜しんで夜空を彩る花火を見ていた。

「肉眼で見る以上に迫力のある映像なんてないのに。掌に収まるくらいの映像を残すために、視界一杯の花火を見逃してどうするの」

彼女の言葉に応えるように、小さな画面の中で花火が散った。線香花火から生まれる火花よりも小さな光が、掌の中で明滅する。

言われるまま、僕はカメラを顔の前からどける。

それを待っていたかのように、視界に収まらないほどの花火が夜の中心で爆発した。

夜の闇を引きはがすような強烈な光に、目の奥に微かな痛みが走る。光に呑み込まれるようだ。どんなに画素数が上がったところで、ちっぽけな携帯の画面ではこの眩しさを再現することはできないだろう。

人間の記憶は曖昧だ。だから皆記録として残したがる。

きっと僕も、こうして彼女と見上げた花火の色や形をいつか忘れる。けれど携帯で記録したところで、画面の中の花火は現実のそれより、色も光も数段劣る。

だったら、今。

いつか忘れてしまうとしても、これほど大きく鮮やかな花火を見逃すのは惜しい気がして、僕は携帯を脇に下ろした。

花火の光がばらばらと地上に落ちて消えてしまうと、空には火薬の煙がうっすらと残る。

あれはきっと写真に残せないだろうな、と思っていたら、彼女の囁くような声がした。

「そんな、居場所がないみたいな顔しないで」

独り言にしては切実で、僕を心配しているようにも、焦れているようにも聞こえる声だった。

「一回誰かに大迷惑かけてみたらいいのに。思ってるより取り返しつくよ。いっそ誰かと喧嘩とかしてみたら？　仲直りできなかったら新しい友達でも作ればいいんだし。モモはまだこれから、一杯新しい人と会えるんだから」

段々早口になってきたことを自覚したのか、彼女は一度言葉を切って深呼吸をした。

「今日のことを覚えておいて。何年後かに思い出したら、貴方絶対、変わるから」

言い切った彼女の目に迷いはない。

一体どこからそんな確信が得られるのか、どうして急にそんなことを言い出したのかもわからなかったが、否定する理由も見つけられなかったので頷いた。

いつものように諾々と頷く僕を見て、本当にわかった？　と彼女は眉を寄せたが、すぐ口元に微かな笑みを浮かべた。なんとなく、満足そうな表情だ。

「今はそうやって、素直に私の言うことを聞いておくように。ついでに利用されておいて。どうにか落語テロを成功させるのよ」

「そのことなんだけどさ……」

僕は周囲を見回し、一応顔見知りが近くにいないことを確認して彼女に耳打ちした。

実は、彼女が僕に代わって手品部や生物部や文芸部のメンバーを叱りつけた日から、密かに考えていた計画があったのだ。それを打ち明けると、彼女は目を丸くして僕の腕を叩いた。

「そんなこと考えてたの？」

「うん。さすがにそろそろ何か策を考えないと、と思って」

「私なんて、モモの巨体で人間バリケードを作ることしか考えてなかったのに」

「……ねえ、それ本気で実行する気でいたの？」

穴だらけの計画を、それでも果敢に決行しようとしていたのだから恐ろしい。彼女は本当に、自分のやりたいことを完遂することしか頭にない。

他人の迷惑になるかもしれないと思ったら最後、どんな些細な否定も口にできなくなってしまう僕とはまるで違う。

呆れる反面、いいな、と思った。うらやましいし、好ましい。

ようやく舞台に立つめどが立った、と珍しくはしゃいだように笑う彼女を見ていたら、ぽろりと本音が漏れていた。

「僕、君のそういうところ好きだよ」

半分は尊敬の念を込めて言った言葉だ。深い意味もなかったのだが、それまで笑っていた彼女が顕著な反応を見せた。

笑顔が真顔に戻りかけ、途中で思いとどまったように笑みをキープし、唇の端が前よりくっきりとしたカーブを描く。ぎこちない笑みだ。

花火が上がり、不自然に強張った彼女の頬が赤い光に照らされる。

僕はそのときも彼女の横顔しか見ていなかったが、目の端を掠めた花火は青みがかっていた気がした。不思議に思って夜空を見上げたが、上空に光の名残はなく、うっすらと火薬の煙が残るばかりだ。

あれほどにぎやかな音と光に溢れていた川辺が沈黙する。水気を含んだ風にひゅっと頬を打たれ、冷静になるよう促された気がした。誰かに、というより、自分自身に。

自分が口にした「好き」という言葉に深い意味がなかったのか、にわかに判断がつかなくなった。唐突な気恥ずかしさに襲われ、彼女の顔を見られない。彼女に向けた顔半分が、火を当てられたように熱くなる。

隣に立つ彼女は何も言わない。もしかすると聞こえなかったのかもしれない。いっそ聞こえていなければいいと思う。

次の言葉をかけるタイミングを待つように、僕は無言で次の花火を待った。だが一向に花火は上がらず、そのうち土手に集まった人たちがぞろぞろと動き出した。先程の花火が最後だったようだ。

せめて最後の一発だけでも写真に収めるべきだった。最後の花火は、一体何色をしていたのだろう。彼女の頬を染めた花火の色が気にかかる。

いよいよ辺りに人が少なくなり、観念して僕は口を開いた。

「……帰ろうか」

うん、と頷いた彼女が、どんな顔をしていたのかは知らない。まだそちらを見られるほど僕の平常心が戻っていなかったからだ。

鼻緒で足を痛めた彼女に、ぎこちなく手を差し伸べる。彼女は一瞬迷ってから、僕のシャツの袖口を摑んだ。僕は指先で空を摑んで、彼女のするに任せた。

駅へ向かう帰り道は、お互いに行きよりずっと言葉が少なく、なんだか居たたまれないくらい、気恥ずかしかった。


彼女と花火を見た翌週、僕は早速手品部の面々を学校に呼び出した。

まずは堀先輩以外のメンバーを集め、先んじて懐柔を進めておく。そして三十分ほど遅れてやって来た堀先輩に、こう提案した。

「目新しさのない手品を披露して大勢の前で滑るくらいなら、本格的なテーブルマジックをしてみませんか?」と。

それまでの計画から大きく方向転換するこの提案に、当然のことながら堀先輩は難色を示した。空き教室でテーブルマジックなんてやっても誰も来ない、ともっともな抗議をされたので、僕は二枚目の札を切る。

僕のクラスが出店する喫茶店で一時間に一度「ショータイム」を作り、堀先輩がテーブルを回ってマジックを披露してはどうかと持ち掛けたのだ。

クラスメイトたちからはすでに許可をとっている。ショータイムを作るといっても、実際マジックをするのは堀先輩だし、事前準備も手品部の仕事だ。クラスメイトたちに負担はかからないので皆快諾してくれた。お礼のつもりで、なかなか決まらない垂れ幕の図案を持っていったら、むしろ感謝されてしまったくらいだ。

以前図書室で見つけた本格テーブルマジックをまとめた本なども持ち出し、僕は熱心に堀先輩を説得する。他のメンバーもいつにない必死さで後押ししてくれた。

というのも堀先輩が来る前に、僕が舞台の手伝いをすることは難しいかもしれないと皆に告げておいたからだ。理由は先日の捻挫のせいにしておいた。本当はとっくに腫れも痛みも引いていたが、ここぞとばかり大げさな包帯を巻いて登校したため、皆真に受けてくれたようだ。

舞台で先輩と赤っ恥をかくのは僕だけだと思い込んで事態を放置していた部員たちは、それこそ死に物狂いで先輩を説得した。掻き口説いたと言ってもいい。「先輩のテーブルマジックはプロ級です」「近くで見てもマジでわかんないです、絶対披露すべきです！」と。

最初は不満そうだった堀先輩も、寄ってたかって後輩たちに褒めそやされ、最後はその気になってテーブルマジックの練習など始めてくれた。根が素直な人で本当によかったと思う。馬鹿にしているわけではない。

「でももう体育館のステージ押さえちゃってるんだろ？　舞台に穴が開いたりしない？」

と堀先輩が心配顔で尋ねてきて、そこは僕がなんとかしますと真顔で請け負った。

モモに任せておけば大丈夫か、という空気がその場を支配し、何をどうするつもりなのか追及してくる者はいない。この丸投げ態勢に感謝する日がくるとは思わなかったが、とりあえずこれで手品部が使う予定だった舞台を確保することができた。

当日はぎりぎりまで僕が手品部として舞台の準備をして、幕が開いた瞬間彼女が飛び出せばいい。実際僕は手品部なので、彼女が出てくるまで僕らの企みに気づく者はいないだろう。あとは文化祭実行委員たちがどう動くかによるが、ここは実行委員長の高遠を信じたい。

高遠とは小学校からのつきあいだ。僕が舞台の袖で土下座でもなんでもして頼み込めば、三十分くらいは見逃してくれるかもしれない。いや、見逃してくれると信じたい。そろそろ十年来の仲だ。

「ということで、なんとか体育館は使えそうだよ」

渡り廊下でクラスの垂れ幕を描いていた僕は、またしても自力で僕を探し当てた彼女に事の顛末を伝えた。

彼女と一緒に花火を見てから、まだ一週間も経っていない。これほど短期間で話が進むとは思っていなかったようで、彼女は唖然《あぜん》とした顔で廊下に座り込んだ。

「……そういう交渉ができるなら、馬鹿みたいに仕事を引き受ける前に対処したらよかったのに」

心底呆れた顔で言われてしまい、僕は鉛筆の後ろでこめかみを掻いた。

「自分のことになると、つい……対策を練るより、黙って仕事をした方が早いかなって」

「……そういうとこは変わらないわけね」

「いや、まあ……これからは少しずつ、断ることも覚えていこうと思うけど……」

彼女は軽く目を眇め、ふぅん、と鼻先で返事をした。

「だったら、モモも落語覚えてよ。佃祭。舞台の上で喋れるくらいに」

唐突な要求に驚いて、なんで、と僕は裏返った声を上げた。

「万が一私が舞台に上がれなくなったときの代役。そのときは、モモが舞台に上がって」

「それは――」

無茶苦茶だ、と思ったが、やはり「嫌だ」の一言は出てこない。い、の形に口を動かすことはできたが、たちまち喉の奥がぐぅっと狭くなった。

息苦しさに負けて渋々承諾すると、渡り廊下に彼女の怒声《どせい》が響き渡った。

「何も変わってないじゃん！　そこは断ってよ！」

「え、覚えなくていいの？」

「絶対覚えて！」

言っていることがころころ変わる。僕に断ってほしいのか、そうでないのかよくわからない。が、僕が佃祭を覚えることは決定事項のようだ。

「一応覚えるけど……でも君は、何があっても絶対舞台に上がるでしょ？」

模造紙に鉛筆を走らせながら尋ねる。まあね、と自信たっぷりの返事が返ってくるのを待ったが、渡り廊下はしんとして、僕の鉛筆の音しかしない。

不思議に思って壁際に座る彼女を見ると、彼女はどこか思い詰めた表情で手元の原稿を見ていた。その目が暗く翳《かげ》って見えて、僕は四つ這いのまま彼女に近づく。

「……どうかした？」

僕が近づいてきたことに全く気づいていなかったらしく、ひっ、と彼女が短い悲鳴を上げる。そんなに驚かせたかと慌てて身を引くと、原稿で彼女に腕をはたかれた。

「乙女の顔を気安く覗き込まないで！」

「ご、ごめん……？」

顔を見てもいけないのか、と多少理不尽な気分になったが、大人しく謝っておくことにした。怒り顔の彼女は直前に見せた沈鬱な表情を消していて、少しだけほっとしたせいもある。

とにもかくにも、舞台は押さえた。後は彼女の落語の完成度を上げるだけだ。

八月の後半は、ひたすら彼女と落語の練習をした。夏休みが終わる前に彼女は佃祭の原稿をほぼ暗記して、身振り手振りや声の調子に磨きをかけた。

僕の方も、彼女にコピーしてもらった原稿を毎日眠る前に声に出して読んだ。間違っても自分が舞台に上がることはないと思うので、彼女ほど熱心に練習はしなかったが。

練習の傍ら、彼女の高座名も考えた。高座名とは落語家の芸名のことで、何々亭、とか、何々家、とかつくものらしい。

夏休みの最終日。誰もいない教室で彼女の練習につき合った後、参考のため実際の落語家の名前を携帯で検索し始めた僕に、彼女はさらりと言った。

「桃家タロベエとかでいいんじゃないの？」

机を挟んで彼女と向き合っていた僕は盛大にむせ、危うく携帯を落としかけた。

「なんで僕の名前!?」

「覚えやすくていいじゃない」

何度も佃祭を通しで演じた後だから、さすがに疲れているらしい。机に肘をついた彼女はけだるげな表情で窓の外を見遣る。

「高座名って芸名みたいなものでしょ？　適当過ぎるんじゃ……」

「そんな些末なことはどうでもいいのよ」

どうでもいいわけがない。本名をもじるなら彼女自身の名を使えばいいものを。

文化祭当日、僕たちは彼女の落語のチラシを配る計画を立てていた。チラシには上演時間と演目、さらに高座名も載せる。何十人という人の目に触れるチラシに、僕の名前とよく似た高座名がでかでかと印刷されるなんて、想像しただけで気恥ずかしい。

「そんなことより、佃祭の落としどころについて研究したいんだけど」

僕の煩悶《はんもん》など歯牙《しが》にもかけず、彼女は淡々と次の話題に移る。

「『次郎兵衛さん死んじゃ嫌だ』って与太郎が泣くシーンあるでしょ。その後、長屋の吉《きち》さんが『与太郎が一番上手いじゃねぇか』って言ってお客がどっと沸くじゃない。……あれ、どう思う？　私の話でも皆笑ってくれると思う？」

頬杖をつく彼女の横顔に微かな憂いがよぎり、僕はひとまず自分のことを脇に置く。

体育館をぎっしりと埋める観客を前に、十五分近くひとり語りを続け、ここが笑わせどころ、というところで観客がくすりとも笑ってくれなかったら。

クーラーのかかっていない教室で彼女と二人、汗ばんでいた背中にヒヤリと冷たい汗が伝った。

観客の笑い声は拍手に等しい。演劇のように幕の下りない落語では、拍手をもって幕とする。だというのに誰にも笑ってもらえなかったら、その場から立ち去ることすらできないではないか。

落語家は、たったひとりで舞台に立つ。彼女もまたひとりで、どんな失敗を犯したとしても、誰もそれをフォローすることはできない。唯一の共犯者である、僕でさえ。

僕にできることがあるとすれば、事前に一緒に悩むことぐらいだ。

「……あそこで観客が笑うのは、緊張が緩むからだと思うんだ」

以前彼女に聞かせてもらったＣＤを思い出し、彼女と一緒に窓の外を見る。

「与太郎が泣くシーンを、観客は息を詰めて見てる。それが吉さんのすっとぼけたセリフで、ふっと息が緩む。で、笑う」

電気のついていない昼の教室は、水のない水槽のようにがらんとして薄暗い。岩場に潜む水生生物のような密やかさで、彼女が視線だけこちらに向けたのがわかった。

「だから、与太郎が泣くシーンでどれだけ真に迫った演技ができるかに、全部かかってるんじゃないかな」

与太郎の涙ぐんだ声から一転、ひょうげた長屋の住人のセリフで観客は笑う。落差に足元をすくわれるのだ。与太郎の演技が稚拙《ちせつ》だったら、きっと観客は笑わない。

最近の彼女は、住人のセリフをどれだけ滑稽に言うかに力を注いでいるように見えたからこその進言だった。

沈黙の後、ごとりと鈍い音がした。彼女が机に額を打ちつけた音だ。

「……頼りないように見えて、モモはときどき、頼りになるね」

机に突っ伏したまま彼女が言う。褒められたのか貶《けな》されたのかよくわからないが、嬉しい気持ちが僅差《きんさ》で勝ったので褒められたことにしておいた。

そんなことをしながら夏休みを終えれば、文化祭まではいよいよ残り一週間だ。当日に向け、校内の熱気はいやが上にも高まっていく。

彼女が奔走してくれたおかげで、部活内で僕にかかる負荷はぐっと減った。とはいえ部員名簿に名を連ねている以上、全く手伝わないわけにもいかない。ときどき各部に呼び出されたが、そんなときは彼女がつき合ってくれるようになった。放課後、誰に呼ばれたわけでもないのに僕の居場所を突きとめて、生物室で模造紙に草花の写真を貼りつけたり、文芸部の製本作業を手伝ってくれたりする。

「モモの仕事が終わらないと、私の練習が始められないでしょ」と彼女は澄まし顔で言うが、田宮を始めとした部員たちは恐縮しきりだ。おかげで作業のスピードは格段に上がった。

そうして迎えた文化祭前日。

放課後の教室で佃祭を語り終えた彼女に、僕は小さな拍手を送った。

高座代わりの机に正座をして、深々と頭を下げていた彼女が顔を上げる。一試合終えた後のように軽く息をつくと、彼女は身軽に机から下りた。

「いよいよ明日はテロ決行ね」

「やめようよ、その物騒な言い方」

体育館の舞台を無断で乗っ取るのだから過激行為には違いないが、その実行犯に仕立てられた事実を実感したくない。気弱に溜息をつく僕を鼻先で笑い飛ばし、彼女は高座にしていた机に腰掛けた。

「ねえ、最後に何かやり残したことある？」

僕も彼女の隣の机に腰掛け、どうかな、と指折り確認した。

「めくりはつくったし、浴衣も買った。出囃のテープも準備したし、チラシもうちのプリンターで印刷するだけ。あと、座布団と手ぬぐいと扇子も、もう教室に置いてある」

落語に小道具はないと思い込んでいたのは最初だけで、今はもう、手ぬぐいや扇子が小道具代わりに使われることを僕も知っている。めくりなどは結構重いので、着物以外の小道具はまとめて僕が預っていた。

大丈夫だよ、と頷いて横を向くと、思いがけず優しい顔をした彼女と目が合った。いつになく穏やかな表情に目を奪われる。

「最後までつき合ってくれて、ありがとう」

その上出てきたセリフがこれだ。破格の殊勝さに何事かと忙しなく思考を巡らせ、唐突に気づいた。

これが最後だからだ。

文化祭は二日にわたって行われる。けれど、彼女が舞台に上がれるのは明日だけだ。明日の舞台が終わってしまえば、もうこんなふうに彼女と二人で会うこともなくなる。クラスも違う。部活も違う。彼女の気まぐれで僕は選ばれ、目的が達成されれば、その先まで一緒に過ごす理由はない。

開け放った窓から夜のぬるい空気が吹き込んで、教室にかけられた白いカーテンが揺れた。風と一緒に、校内に満ちた生徒たちの気ぜわしい気配が忍び込んでくる。

こんな耳が詰まるほどの沈黙に支配されているのは、僕と彼女の二人しかいない教室の中だけだ。

僕は何も言えないまま、彼女からゆるゆると視線を逸らした。膝に置いた自分の手が、ズボンを握りしめていることにようやく気づく。

これでやっと、彼女の傍若無人な要求から解放される。そう思えば安堵のひとつもしそうなものだが、胸を占めるのはひっそりとした淋しさだ。

こんなふうに思うのは僕だけだろうか。ちらりと隣を窺ってみる。

彼女は自分の爪先に視線を落として何も言わない。けれど、もう用もないのに帰ろうと言い出さない彼女は、何かを待っているようにも見える。

ごくり、と、唾を飲む音がやけに大きく響き、焦燥に拍車がかかった。

事ここに及んで、自覚しないわけにはいかなくなった。僕はどうやら、文化祭が終わってもまだ、彼女と一緒にいたいらしい。

どうしたらいい、と自分で自分に問いかける。

文化祭の後、廊下で偶然彼女とすれ違う、なんてことは滅多に起こらないだろう。L字型の校舎の端と端、彼女は一組、僕は七組だ。となればメール、と言いたいところだが、彼女は携帯を持っていない。

こんなとき、ラインの素晴らしさを痛感した。スタンプだけ送って、「ごめん、間違えた」から会話をつなげることもできるのに。

携帯を持っていない相手と次の約束を取りつけるのは、とんでもなくハードルが高い。今この瞬間を逃したら、次がいつ来るかもわからないからだ。

明日は僕もクラスや部活の店番をしなければならない。彼女だって自分のクラスの出し物があるし、何より落語のことで頭が一杯だろう。こんなふうにゆっくり話せるのはきっとこれが最後で、これを逃したら彼女との接点はふつりと切れる。

彼女を引き留めるべく様々な言葉が頭に浮かぶが、どれもこれも決定打に欠けた。

また会おう、では漠然とし過ぎていてダメだ。もっと具体的に場所や時間が決まっていなければ実際会うには至らない。その上彼女の気を惹く内容でなくては。魔法少女カリンちゃんの映画を見に行こう、などと誘っても、応じてくれる可能性は限りなく低い。

いつ彼女が席を立ってしまうかはらはらしながら考えて、僕はようやく突破口を見つけた。落語だ。

「……あのさ、落語、って、寄席で見られるんだ、よね？」

緊張し過ぎて変な部分で言葉が切れた。僕は掌で無意味に腿《もも》をさすり、視線をあちこちに落ち着きなく飛ばす。こちらから疑問を向けておきながら、返事を待つ緊張に耐えきれず、畳みかけるように続けた。

「僕、ＣＤは幾つか聞いたけど、生の落語、は聞いたことがなくて、だから……今度、その……寄席に行っ……て、みない？」

文節ってなんだっけ、と我ながら呆れるほど言葉は不自然なぶつ切りになり、僕は無理やり開き直って彼女と向き合った。

彼女は両方の眉を上げ、驚いたような顔で僕を見ていた。

その表情がどんなふうに変化していくのか、見届けるのは勇気がいる。「何勘違いしてんの？」と不愉快そうに歪んだりしたら、きっと一生立ち直れない。

彼女の口元が微かに動く。口角が上がるのか、下がるのか。息すら潜めて見守る僕の前で、彼女は小さく笑った。

馬鹿にしたような笑い方でも、心底おかしくて笑った顔とも違う。ちょっと下手くそな笑顔を浮かべ、彼女は首を傾げた。

「何それ、デートのお誘い？」

デッドボールのような冗談だ。かわすこともできずその場に頽《くずお》れそうになる。こんなとき、どう答えるのがベストだろう。

違うよ、と軽やかに笑い、約束だけ取りつけてとりあえず様子を見るのがスマートか。はたまた男らしく、そうだと言ってしまえばいいのか。

後者の場合はこの場で玉砕もあり得る。踏みとどまるか突き進むか判断つきかね、僕は白目を剝きそうになって天井を仰いだ。

「その……うん……いや、ちが……」

肯定して、否定して、何を否定したんだと自分に突っ込んだところで、彼女が笑った。

「違うんだ？」

からかうような口調だった。でも嫌ではなさそうだ。おそるおそる彼女の表情を窺う。彼女は笑っているけれど、どことなくがっかりしたようにも見える。都合のいい錯覚だろうか。

わからない。こうなるともう自分の目や思考が正常に働いているのかも疑わしくなり、僕は不器用な駆け引きを放棄した。

「僕は、君と……もう少し、一緒に落語が聞きたい、ので――」

クラスメイトでもない。同じ部活でもない。教室は遠い。

それでも、彼女ともう少し一緒にいたい。落語に興味なんてなかったくせに、無理矢理接点を作ろうと奮闘するくらいには。

もう彼女の顔を見ていることもできず、深く俯いた。キモいとか思われたらどうしようと、今更のように不安と後悔に襲われる。

あと一瞬沈黙が長かったら、息苦しさに負けてその場から逃げ出していただろう。

そんな状況だったから、彼女の返答がすぐには頭に入ってこなかった。

「……行く」

ほとんど息が掠れるだけの声は、下手をすると教室の壁にかけられた時計の秒針にすらかき消されそうだった。幻聴か現実か確信が持てないまま、僕は彼女に視線を戻す。

彼女は俯いて、僕の方を見ていない。「え、」と呟いた僕の声も彼女に負けず劣らず小さかったが、彼女の耳はきっちりそれを拾い上げ、先程より大きな声でもう一度、「行く」と言った。

「……いいの？」

「うん」

「本当に？」

「私も寄席、行ったことないから。行ってみたいと思ってたし」

爪先でイスの脚を蹴りながら、ぶっきらぼうに彼女は答える。細い指が、机の縁をぎゅっと握り締めていた。さっき僕が、ズボンの膝を握っていたように。

この返事で合ってる？　相手は変に思ってない？　ちゃんとまた会える？

直前まで僕が抱えていた迷いが、そのまま彼女の横顔に重なる。彼女も緊張しているのかもしれないと思ったら、フリーズしていた頭がいっぺんに動いた。

彼女は携帯を持っていない。ここで具体的な日時を決めておかないと社交辞令で終わってしまう。僕は慌ててズボンのポケットから携帯を取り出した。

「じゃあ、あの、寄席がどこでやってるか調べるから……！」

「別に、今じゃなくてもいいよ」

「いや、だって、明日だと時間ないし……」

ようやく彼女がこちらを見た。慌てふためく僕を見て、ふわりと目元の強張りを解く。

「文化祭が終わったら、一緒に探そう。閉会式の後、教室で待ってるから」

待ってる、と確かな言葉を受け取って、肩からすとんと力が抜けた。

これっきり彼女と会えなくなる危機は、とりあえず回避した。ほっとしたら、今度は急に気恥ずかしくなった。僕ばかり必死なのが彼女に伝わってしまったのではないかとドギマギして、こっそり彼女の横顔を窺う。

少しだけ俯いた彼女の口元。そこにはうっすらとだが、確かに嬉しそうな笑みが浮かんでいた。

思いがけない表情を目の当たりにした僕は、とっさに視線を床に落とす。が、彼女の口元に浮かんでいたのと同じような笑みがじわじわと浮かんでくるのは抑えられない。

今度こそ話は終わったはずなのに、僕も彼女も、なかなかこの場から立ち去ることができなかった。次に会う約束はとりつけられたし、明日も間違いなく顔を合わせるのに、なんとなく離れがたい。もう少しこの空気に浸っていたい。

むず痒《がゆ》いような、くすぐったいような。照れ臭くって、でも嬉しい。

一緒に帰ろう、と誘ってみようか。そんな大それたことを思いついてしまった。

彼女と一緒に下校したことはない。初めて彼女に呼び出されたとき、駅前のバーガーショップまで一緒に歩いたことがあるくらいだ。

少し迷ったが、寄席の誘いに乗ってもらった直後で少し気が大きくなった。

「あの」

思い切って彼女の方を向く。彼女も同時にこちらを向いて、期せずして正面から顔を見合わせてしまった。教室に漂う残響で、自分と彼女の声が見事にハモったことを知る。

彼女が驚いたように目を丸くする。多分僕も同じような顔をしている。思いのほか互いの距離が近い。かぁっと目の周りが熱くなる。鏡に映したように、彼女の目の縁も赤みを増した。そのとき。

「あら、まだ残ってたの？」

がらりと教室の扉が開いて、僕たちは揃って肩を震わせた。

教室の入り口に立っていたのは、以前お世話になった保険医の藤田先生だ。教室に僕と彼女しかいないことに気づくと、あら、と眼鏡の奥の目を大きくする。

「……っ、それじゃ、また明日」

先生が来るなり、彼女は慌ただしくカバンを掴んで机から下りてしまった。教室を出る際、彼女は先生に一礼して、足音はあっという間に廊下の向こうに遠ざかる。

軽やかな足音に耳を傾けていると、白衣のポケットに両手を突っ込んだ先生が僕のもとまでやって来た。

「……お邪魔だった？」

「えっ、いえ、そんな……」

とっさに否定したものの、まだ顔の赤みは引いていない。僕の顔を覗き込んだ先生は、明らかに面白がるような顔をしている。

「そっかぁ、若いっていいわねぇ。……あ、若いって禁句だったかしら？」

にやにやしていた先生が、急に表情を改めて指先で口を押さえた。

意味がわからず僕が首を傾げると、先生は意外そうに口元から手を下ろす。

「美園さん、そういうセリフ嫌がらない？」

「いえ、特には……。先生は嫌がられたこと、あるんですか？」

僕が尋ねると、先生は少し迷うような顔で両手を白衣のポケットに戻した。

言うか言うまいか迷っているらしい。僕の顔を見て、彼女が出て行った教室の入り口を見て、もう一度僕に視線を戻してから、頷いた。

「前に保健室でそんなことを言ったら、怒られちゃったことがあったの」

夏休みに入る前のことらしい。彼女とその友人が数名で保健室にやってきて、しばらくお喋りをしていたそうだ。その後、彼女だけが保健室に残り、先生と二人きりになった。

「そのとき、あんまり深く考えもせず言っちゃったのよね。『若いっていいわねぇ。今からなら、なんだってできるわよ』って……」

彼女の友人たちが進路の話をしていたせいもあっただろう。眩しく目を細めた先生に、彼女はこう答えた。

「先生だって、今からでもなんでもできますよ」

「そんな、私なんてもう……」

苦笑と共に首を振った先生を見て、彼女はうっすら笑ったそうだ。

「私の友達も、すぐそういうこと言うんですよ。もう無理とか、もう遅いとか。まだ高校生なのに。先生、笑っちゃうでしょ？　私も笑っちゃう」

確かに、高校生に無理だの遅いだの言われたら立つ瀬がない。一緒に笑おうとしたら、彼女が冷淡に言い放った。

「先生のことも、笑っちゃう」

それはもう、びっくりするほど冷たい目だったそうだ。

「あのときの美園さん、心底軽蔑するって顔してたわね……」

思い出したのか、先生は少しだけ前屈みになって胃をかばうような仕草をした。

僕は先生の気持ちが少し理解できる。彼女の声や視線はまっすぐ過ぎて、ときどき物理的な痛みを感じる錯覚すら起こすのだ。

「この前彼女が保健室で謝ってたのって、その話ですか」

「そうよ。わざわざ謝ってくれるなんて思わなかったから、驚いちゃった」

よいしょ、と掛け声をかけて身を起こした先生は、彼女が去っていった方へ目を向ける。

「最近は保健室に来ても元気なかったし、気になってたんだけど……。でも、ここのところ楽しそうにしてて、よかった」

安堵したような先生の横顔を眺め、彼女はそんなにたびたび保健室に顔を出していたのかな、と思った。もしかして、どこか悪いのだろうか。

考えてみたが、あまり切迫した状況を想像することはできなかった。あんなに勇ましくて行動力のある彼女が病弱なんて、イメージに合わない。

「そういえば、明日美園さん落語やるんでしょ？　楽しみにしてるわよ」

「はい。三時から体育館でやるので、ぜひ見に来てください」

それより明日はいよいよ文化祭当日だ。万事上手くいくことだけを願って、僕は勢いをつけて机から立ち上がった。

九月二週目の土曜日。文化祭当日。

一般客が校内に入ってくると、僕は校門の前で落語のビラを配った。『桃家タロベエ　佃祭』と書かれたビラは、自宅で父のパソコンを借りて作ったものだ。生物部や文芸部にもこっそり置いてもらうことになっている。

クラスや部活の店番があるため、僕は朝一でビラを配ったら午後一時まで身動きが取れない。彼女が舞台に上がるのは午後三時だが、その前に一度くらい通しで練習をしたいからと、彼女とは一時半に空き教室で待ち合わせをしていた。

店番を終え、小道具の扇子と手拭いだけ持って教室へ到着したが、彼女の姿はまだなかった。彼女のクラスはお化け屋敷をやるというし、忙しくてなかなか抜けられないのかもしれない。

朝から喫茶店で店番と堀先輩のマジックの手伝いをして、生物部や文芸部にも顔を出していた僕は、本番前にもうくたくただ。椅子に腰かけ、久方ぶりに一息つく。

無人の教室は窓だけが開いていて、白いカーテンがときどき膨らみ、音もなくしぼむ。

校舎の四階は一般客の立ち入りが禁止されているので静かだ。それでも耳をすませば、遠くからざわざわと華やいだ人の声が聞こえてくる。

目の回るような忙しさから解放されたら、今度はじわじわ緊張してきた。僕が舞台に立つわけでもないのに。だだっ広い舞台にたったひとりで出ていく彼女の心境を思うと、胃の下辺りがぐらぐらと落ち着かなくなった。

緊張を紛らわせようと、ズボンの尻ポケットに突っ込んでいた佃祭の原稿を取り出した。まだ全く暗記はできていないが、かなりすらすら読めるようになっている。毎晩の音読のたまものだ。

しばらくは原稿を読んで待っていたのだが、彼女はなかなか現れない。そのうち時刻は二時になり、さすがに僕もそわそわし始めた。

遅くなるならせめて連絡を、と思ったが、彼女は携帯を持っていない。彼女のクラスに行ってみようかとも思ったが、入れ違いになったらまた面倒だ。手持無沙汰で原稿に目を通すが、気もそぞろで文字の上を視線が滑る。

二時半。さすがにおかしいと室内をうろうろしていたら、手にしていた携帯が震えた。

画面に表示されたのは『公衆電話』の文字で、はっとして携帯を耳に押し当てる。

もしもし、とこちらから声をかけても、しばらく返事がなかった。遠くで車の走り去る音がする。その向こうから、苦し気な息遣いが響いてきた。

『……モモ？』

か細い声が耳を打つ。彼女だ。

異常事態が起きていることを察し、僕は一層強く携帯を耳に押しつけた。

「どうしたの、今どこ？」

『……駅前……電車、さっき降りたんだけど……動けない……』

「怪我でもしてるの!?　まさか事故――」

彼女の苦し気な息遣いを聞いていたら、こちらまで息苦しくなってきた。彼女は荒い呼吸を繰り返し、違う、と呻くように言う。

『お……お腹、痛くて……』

「お腹……？　動けないくらい？」

夏祭りでも、彼女は腹をかばうようにしゃがみ込んだことがあった。額に脂汗を浮かべ、青ざめた顔をして。

電話の向こうで、今も彼女は同じ顔をしているのだろうか。苦し気な呼吸音に、痛みを押し殺すような呻き声が交じる。電話越しに聞こえる声ばかりが鮮明で、彼女の背中をさすることも、背負ってやることもできないのがもどかしい。

モモ、と、涙交じりに呼ばれたと思ったら、唐突に通話が切れた。

最初は電話が切れたことに気づかず、何度も彼女を呼んだ。そのうち、ツー、ツー、と無機質な音が繰り返されていることに気づき、僕はその場にへたり込む。

携帯の画面を見ると、通話時間を表示していたディスプレイがふっと暗くなった。彼女の存在も一緒に消えてしまった気がして、視界全部が暗くなる。

と思ったら、再び携帯が震えた。公衆電話からだ。まだ衝撃から立ち直れないまま震える指で通話ボタンを押すと、電話の向こうで彼女の声がした。

『ごめん……十円だとあんまり長く話せないんだね……』

単に料金不足で電話が切れただけと知り、今度こそ床に手をついた。心臓に悪い。

「ちょっと……周りに誰かいないの？　すぐに助けを呼んで……むしろ電話ボックスにいるなら、救急車とか呼んだ方が……」

かすかに震える指先を握り締め、壁にかかった時計を見上げる。二時四十五分。最寄り駅から学校までは走っても十分はかかる。舞台の時間までに彼女がここへ辿り着くことはほぼ不可能だろう。

しかし、当の彼女はまだ諦めていなかった。

『絶対、行く。タクシー使ってでも、行くから……舞台の順番変えてもらうとか、どうにかできない……？』

「そんなことより病院に行った方が……」

『本当に行くから！　あと少しだから……！』

思わずといったふうに声を大きくした彼女が、痛みに呑まれたように息を詰める。彼女の声は痛々しく歪んで、聞いている僕の方が気が気でない。正直落語どころの騒ぎではなく、一刻も早く彼女を病院に行くよう説得することしか頭になかった。

「また来年やればいいよ。来年も手伝うから。今度こそちゃんと部員も集めて……」

『……無理』

「どうして。今年君がやろうとしたことの方がよっぽど無茶だった。その熱意があれば、来年こそ……」

『来年なんてない！』

電話の向こうで彼女が声を張り上げる。ほとんど悲鳴に近い声だ。どうして、と問い返そうとして、僕は口をつぐむ。遠くで彼女が、泣いている。

乱れた息の下で、彼女が小さくしゃくり上げた。続けて、鼻にかかった声で彼女は言う。

『……来年の今頃まで、生きてられるかどうかなんてわかんない……』

声の調子から、笑い飛ばしていい類のものでないことは即座に知れた。

人間誰しもいつ死ぬかわからない、なんて不確実さを含む言葉とは違う。言葉の端に重々しい響きがあって、僕は床に座り込んだまま動けなくなる。

『多分、これが最後の文化祭だから……だから、私も何か、皆みたいに――』

いつになく弱々しい彼女の声が涙に呑まれる。そのまま声も通話もぷつりと切れそうになって、僕は口早に彼女に告げた。

「わかったから、病院へ行って」

『でも、舞台……』

「僕が出るから！」

彼女の言葉を押し止めるように、力一杯叫んでいた。

彼女が押し黙った一瞬の隙を逃さず、僕は大きな声で言う。

「だから君は病院に行って！　いいね！」

詳しいことはわからないが、彼女の身に何かが起きている。彼女の言葉が何を意味しているのかはまだ完全に理解できていなかったが、今は彼女を病院へ行かせるのが先決だ。

短い沈黙を経て、うん、と彼女が頷く。それを聞き、僕は携帯を握り締めたまま立ち上がった。時計を見上げる。三時五分前だ。

扇子と手拭いを手に階段を駆け下り、僕らのクラスの控え室になっている自習室に飛び込む。座布団と出囃子のテープを引っ摑《つか》んで体育館へ走り、慌ただしく舞台袖に転がり込むと、もう前の団体は引き上げていて、緊迫した顔の高遠に迎えられた。

「モモ！　お前、遅いから何やってるのかと……！」

「高遠頼む！　僕が舞台に出るとき、このテープ流してくれ！」

「あ？　おい、音響係は？」

「病欠！　僕が舞台に出てお辞儀したらすぐ止めて、頼むから！」

切迫した僕の様子に常ならぬものを感じたのか、渋々ながら高遠は頷いてくれた。

僕は舞台袖に立って携帯を見る。まだ通話は続いているようだ。

「もしもし、聞こえる？　出囃子と拍手の音が聞こえたら、電話切って病院行くんだよ、いいね？」

了解の声を聞く間はなかった。体育館にブザーの音が鳴り響く。

「おいモモ、幕はいつ開けるんだ？　ていうか、どうして他の部員がいない」

「もう開けていい、あとで全部説明する」

困惑顔の高遠に言い切って、僕は舞台袖で仁王立ちになる。そうしていないと足が震えだしそうだ。間を置かず幕が開き、僕は大股で舞台に飛び出した。

スポットライトが想像以上に眩しくて、足を止めてしまいそうになった。観客席に目を向ける勇気はまだない。膝が伸びきっているような不自然な歩き方で、自分の爪先だけ見て舞台中央へ向かう。スピーカーから、出囃子の音が流れた。

客席がちょっとざわついたのがわかった。手品部のマジックショーのはずなのに、急に三味線や太鼓の音が聞こえてきたのだ。違和感に首を傾げたくもなるだろう。

僕は舞台中央に座布団を置くと、腹を括ってその上で正座をした。せっかく作っためくりを忘れたことに気づいたが、今更引っ込む道はない。座布団の上で、客席に向かって深々と頭を下げる。

　彼女のように着物でも用意していたらまだ違っただろうが、僕はなんの変哲もない制服姿で、これから何が始まるのか観客たちもよくわかっていない様子だ。客席から、戸惑いがちな拍手が返ってきた。

　ごくりと唾を飲み、顔を上げる。額にスポットライトの熱を感じた。遠い暗がりの中に、ずらりと並んだパイプ椅子と、そこに腰かける人たちがうっすら見える。

　一体どれほどの人数が僕を見ているのだろう。身が竦んだが、座布団の前に並べた扇子と原稿、それからまだ通話が続いている携帯に背中を押され、僕はからからに渇いた口を開いた。

「ほ――、本日は、一杯のお客様でございまして、ありがとうございます」

　最初の一音が喉に絡んだようになり、ひやりとして顔を隠すように頭を下げる。

　僕らは非公式で舞台に上がろうとしていたので、一度も体育館での練習をしたことがない。一応頭上に吊るしたマイクが音を拾っているとはいえ、声が体育館の後ろまで届いているかわからず、目一杯声を張り上げた。

「どうぞ最後まで、楽しんでいただければ幸いでございます！」

　自棄になって叫び、もう一度深々と頭を下げた。その必死さが伝わったのか、客席から二度目の拍手が起こる。とりあえず何か演目が始まったと理解してくれたようで、一度目のそれよりしっかりした拍手だ。

生まれて初めて、拍手が演者の背中を押すことを知った。もし自分が舞台を見に行く機会があったら掌が痺れるほど拍手をしようと密かに決め、僕は彼女の原稿を読み始めた。

このときにはもう、舞台袖にいるだろう高遠の顔を確認する余裕もなかった。途中で文化祭実行委員に止められるかもしれないという危機感も去り、とにかく落語をやりきらなければと、頭を占めるのはそれだけだった。

彼女の考えたマクラで佃祭の説明をしたら、いよいよ本題だ。

小間物問屋の次郎兵衛という男が佃祭に出かける。その帰りに見知らぬ女に袖を引かれ、最終の船を逃す。それを知らない次郎兵衛の家族は、主人の乗った船が沈んだと勘違い。長屋の人々がぞろぞろと悔やみにやって来る。

とにかく僕は、彼女の原稿を最後まで読みきろうと必死だった。彼女のように上下をつけることもできなければ、身振り手振りを加えることもできない。息継ぎの合間に、自分の喋り方がすごく早くなっているのではと気づいてどきりとする。本当は今すぐにでも舞台から逃げ出したい気持ちを抑え込み、努めてゆっくり原稿を読んだ。

一応、客席に座る人たちは僕の話に耳を傾けてくれているようだ。館内は静まり返っている。人を笑わせたり泣かせたりするのが落語なのに、客席が沈黙している時点で大いに問題がある気もするが。

僕が今やっているのは、本当に落語なのだろうか。わからなくなって不安になる。もう全部放り出して舞台袖に戻りたい。そんな気持ちに捉われ始めた頃、ようやく与太郎が登場した。

与太郎のセリフは、さすがに今までのように一本調子で語るわけにもいかない。迷ったのは一瞬で、僕は思い切って声の調子を変えた。

「あーらーらー」と、間延びした声で与太郎が登場すると、少しだけ観客席の空気が動いた。笑った、という程ではないが、何かな、と身を乗り出したのはわかった。

よしもう後はこれでいけと自分に言い聞かせ、僕は気恥ずかしさをかなぐり捨てて与太郎を与太郎らしく演じる。彼女がそうしていたように、間の抜けた、でも憎めない、無邪気で無知な男の声を作る。

「さっき、さっきね、吉さんが来てね、次郎兵衛さんが亡くなったてぇからね、どこ無くなったってんだってったらね、死んだんだってぇからね、え、何回目だってってったら、一回に決まってるって、怒られちゃったよ」

そう言って、僕は笑う。肩を竦め、少しだけ背中を後ろに引いて。

自然と羞恥を押し隠したような笑い方になった。彼女がそうしたように。

彼女の落語を繰り返し聞くうちに、日ごろ長屋の住人に馬鹿にされている与太郎にも、羞恥心や自尊心のようなものがあるのだな、と思うようになった。

与太郎は笑ってごまかしているが、きっと少しばかり決まりが悪い。彼女は笑いながら、でも確実に胸のどこかが軋んでいる顔で次のセリフを口にした。

「で、嫌みに行くんだって言ったら、悔やみだって、怒られちゃったんだ」

これで合っているだろうか。彼女に問うようにちらりと携帯に視線を向け、そこで初めて画面が真っ暗になっていることに気づいた。

電話が切れている。

一瞬、息が止まった。

顎先を伝った汗が、ぱたりと原稿に落ちてシミを作る。

出囃子と拍手の音が聞こえたら電話を切って病院に行けと言ったのは僕だ。彼女はそれに従っただけかも知れない。あるいは小銭が足りなくなったか。

悪いことが起こったとは限らない。それなのに、心臓を絞り上げられたように息ができなくなった。

沈黙は、一体どれほど続いただろう。

舞台の強い照明に照らされ、普段は目につかない小さな埃が目の前を横切って我に返った。

ゆるゆると顔を上げる。初めて真正面から客席を見た。

「……次郎兵衛さん、死んじゃったの？」

自分でも、思いがけずぽかんとした声が出た。

喉から転げ落ちたのは、正真正銘与太郎の声だ。それまで長屋の人々にさんざん言い含められてきた事実を、たった今理解したような。

原稿を読み間違えないようにと強張っていた顔から、するすると力が抜ける。

子供じみて心もとない表情になっているだろう僕の顔は、まばゆい照明に容赦なく照らし出され、がらんと広い舞台の上に晒《さら》される。

ふらふらと視線がさまよい、案外と近いところにある観客の目が、こちらをぐっと見詰めていることがわかった。でも、もう緊張もしなかった。

再び携帯に視線を落とす。相変わらず画面は黒い。

彼女はどうなったのだろう。痛みに歪む彼女の顔と、電話越しに聞いた苦し気な息遣いが蘇り、最悪の想像しかできない。

嫌だ、と思ったら、想いがそのまま言葉になった。

「……やだ、やだよ。あたい――次郎兵衛さんが好きだったんだから」

どれほど呆然としていても、まだ頭の片隅に落語を終えなければという使命感が残っていたことに我ながら驚いた。

原稿を目で追い、返しておくれ、と言おうとして、ぐっと喉の奥が詰まった。嫌だと言えないときのように、体がそれを拒絶する。返してくれ、なんて言ったら、もう彼女がどこかへ行ってしまった後のようではないか。

現実と舞台を混同して、僕は掠れた声で呟いた。

「……死なないで」

小さな声は、きっとマイクでも拾いきれなかっただろう。

僕は体を前のめりにして、座布団の前に置いた原稿に両手をつく。掌でステージを打つ音が思いがけず大きく響いて、心臓の裏側を平手で打たれた気がした。

携帯は真っ暗なまま。その向こうに彼女がいるのかもわからない。

今になって、自分の行動が正しかったのかわからなくなった。

本当は、こんなふうに舞台に上がっている場合ではなかったのではないか。すぐにでも学校を飛び出し、駅まで走って彼女を迎えに行かなければいけなかったのかもしれない。

胸にどっと後悔が押し寄せる。何か取り返しのつかないことになっていたらどうしたらいい。こんなときに、ごぼ、ごぼ、と不穏な音で繰り返される妹の咳《せき》を思い出す。

一度目の通話が切れる寸前、モモ、と涙交じりに僕を呼んだ彼女の声が蘇り、通話の切れた携帯に指を伸ばした。引き攣った息の下から漏れたのは、原稿にはないセリフだ。

「まだ……そこにいてくれ……。——お願いだから」

声が詰まる。最早《もはや》演技にもならない。さすがに観客も異変を察し、場内の空気が揺れる。

また何かとんでもない失敗をしたのではという恐怖に呑まれ、子供のように泣き崩れてしまいそうになった、そのときだった。

「――お兄ちゃん！」

今まさに舞台に倒れ込もうとしていた体が、静止した。

だだっ広い体育館に薄く響いたのは、高い、女の子の声だ。どんな差し迫った状況でも聞き間違えるはずがない。妹の声だった。

僕は両手で床を押すようにしてゆるゆると顔を上げる。だが、薄暗い場内にずらりと並ぶ観客の顔をひとりひとり見分けることなど不可能だ。

でもいる。体育館のどこかに、妹が。家族が。

僕が舞台に出ることなど家族は知らない。僕自身こんなことになるとは思っていなかったのだ。不思議に思うより先に、いつか聞いた彼女の言葉が耳の奥でこだました。

思春期のニキビとかけまして、家族とときます。その心は。

『どちらもいつの間にかできているでしょう』

とん、と彼女に背中を押された気がして、喉の奥から空気が漏れた。何かのつまりが取れたかのように、縮こまっていた肺にすぅっと空気が入ってくる。

僕はまだ呆然とした顔のまま、長屋の住人のセリフを口にした。

「……与太郎が一番上手いじゃねぇかよ」

期せずして声が裏返り、感心と呆れが入り混じった声が出た。

瞬間、客席がどっと沸いた。

緊張が緩んで息を吐いたら、そのまま笑い声になってしまったような。

真正面からわっと風が吹いてきたようで、体が後ろに持っていかれそうになる。実際には風圧など感じるわけもないのに、体の芯《しん》がぐらりと傾いた。

初めて会場に笑い声が響いた。そのことにほっとして、後はもう畳みかけるようにラストまで原稿を読み上げた。

最後のセリフを口にして頭を下げると、温かい拍手が客席から届いた。

拍手をもって幕とする。本当はここで出囃子が鳴るのだが、それを待たずに座布団や携帯、原稿を摑み、転がり込むように袖に引っ込んだ。

舞台の袖には、腕を組んで仁王立ちになる高遠がいた。やってくれたな、とばかり片方の眉を吊り上げているが、それでも僕の話が終わるまで強制終了しないでいてくれたのだから、感謝の念しか湧いてこない。

緊張のせいか、それとも強いライトに当たり続けていたからか、全身汗だくになった僕はその場にへたり込み、高遠に向かって両手を合わせた。

ごめん、と、ありがとう、の意を込めて。

体育館のスケジュール表を丸め、ぽこんと僕の頭をはたいただけでその場を去ってくれた高遠には、いつか本当にきちんと礼をしなければいけない。

それから数分後、携帯に再び着信があった。彼女かと思ったが、かけてきたのは妹だ。体育館の前にいるというので会いに行く。そこには父と母の姿もあった。

なぜここにいるのか尋ねると、妹が喜々としてビラを掲げてきた。紙の端にインクが滲んだそれは、印刷ミスをしたものだ。ごみ箱に捨てたはずだが、妹に発見されてしまったようだ。『桃家タロベエ』なんて名前を見て、家族は僕が体育館で落語をすると勘違いしたらしい。

「貴方意外と度胸あるのね」と母が言い、「迫真の演技だったぞ」と父が続ける。妹は「すごかった」を連呼していたが、僕はぼんやりした顔で頷き返すことしかできない。

その後はクラスに戻っても、部活に顔を出しても、ずっと頭に霞《かすみ》がかかったようだった。彼女のことが気にかかるのに、たくさんの色を混ぜた絵具のように感情が定まらない。混沌とした黒は、舞台から見る客席の色に似ていた。黒の中にうっすらと色が混じるが、はっきりと見定めることが難しい。しんと静まり返る舞台の上に、彼女に向けるべき感情を置き去りにしてきてしまった気分だった。

文化祭が終わり、校内から一般客が去って、クラスの後片付けを終える頃、再び公衆電話から連絡があった。電話をかけてきたのは、彼女の母親だ。

彼女の母親は、僕に迷惑をかけたことを丁寧に詫び、彼女は今入院していると教えてくれた。

彼女の母親に病院の名前を教えてもらい、見舞いの許可を取りつけて電話を切る。話をしている間、教室の壁に背中をつけて立っていた僕は、ずるずるとその場に座り込んだ。電話を切っても、しばらくは動くこともできなかった。ようやく実感がわいてきて、僕は両手で顔を覆う。

彼女の母親は病院から電話をかけてきてくれたらしい。背後で聞こえたざわめきと、アナウンスの音。ガラガラと台車のようなものを押す音。その向こうに、彼女はいる。

彼女はまだ、確かにそこにいるのだ。

文化祭二日目の朝、制服に着替えた僕は学校に向かわず、彼女の入院する病院を訪れた。かなり大きな大学病院で、ロビーは明るく、気後れするほどに広かった。受付で見舞客用のバッジを受け取り、前日彼女の母親に教えてもらった病室へ向かう。

彼女の部屋は個室らしい。入り口のプレートに書かれた『美園玲』の名を確認して、控えめに扉を叩く。すぐに短い返事があり、ひとつ深呼吸してから扉を開いた。

病室にはベッドがひとつと、木目調のキャビネットくらいしか物がなかった。さほど広くはないが、角部屋なので窓からたっぷりと日が入ってくる。

光射す眩しい病室は、壁も天井も真っ白だ。目に染みるような白に圧倒され、ぐらりと足元が傾いた。怯む自分を叱咤《しった》して、室内に足を踏み入れる。

彼女はベッドの上で身を起こし、驚いた顔もせず僕を出迎えた。昨日のうちに母親から、僕が見舞いに来ると聞かされていたのかもしれない。

彼女が着ているのは、和服のように前を搔き合わせる形の病衣だ。薄青い布地に、黒髪がさらりと流れている。寝起きではないようで、髪は綺麗に梳《す》かれていた。

ベッドに座る彼女は普段と変わらぬ表情で、特別具合が悪そうには見えない。電話で聞いた痛々しい声を払拭するその姿に、内心胸を撫で下ろす。

「今日、文化祭はどうしたの？　店番とかあったんでしょ？」

ベッドサイドに置かれた小さな丸椅子を僕に勧め、彼女は普段通りの口調で尋ねてくる。途中で言葉を切ったり、痛みを堪えたりする気配はない。それを確かめ、僕はやっとのことで肩から力を抜いた。

「朝一で他の人に代わってもらった。クラスの店番も、生物部の展示の案内も、文芸部の配布も、手品部の手伝いも」

「私のお見舞いに来るために、わざわざ？　相変わらず、他人のためだったらいろいろ動けるんだから」

彼女は呆れ顔でそう言ったが、彼女のために無理やり時間を作ったつもりはなかった。むしろ僕が、どうしてもそうせずにいられなかったのだ。こうして彼女の顔を見るまで、一切合切ろくに手につかなかった。眠ることもままならないくらいに。

「昨日はごめんね、大騒ぎしちゃって。舞台、私の代わりに出てくれたんでしょ？」

布団に足を入れたまま、彼女はヘッドボードに立てた枕に背中を預けた。ゆったりとした彼女の仕草を見ていたら、僕の中で凝り固まっていた恐怖のようなものが、ゆるゆるとほぐれ始める。

僕は一体、何をこんなに心配していたのだろう。普段と変わらない彼女の姿を見たら安心して、急速な眠気に襲われた。

「どうだった？　うけた？」

「いや……そんな、そんな簡単なものじゃなかったからね……？」

気が抜けて、目元をこすりながら僕は愚痴をこぼす。

「君と違って、僕は着物も用意してなかったんだから。座布団を抱えて制服のまま舞台に出て……皆に何が始まるんだって顔されて、袖に逃げ帰りそうになった」

僕の情けない姿でも想像したのか、珍しく彼女は声を立てて笑った。笑い過ぎて涙でも出たのか、目元をこするような仕草をする。病衣の袖は七分丈で、左手の内側がちらりと見えた。こんなときにもそこには電話番号が書かれている。今回は赤いペンを使ったらしい。

学校ではいつも黒いペンで書いていたのに。昨日は舞台があったから気分を変えたのか。

帯が赤だったから、それに合わせたのかもしれない。

三本並んだ電話番号をぼんやり見ていたら、ふいに彼女が笑いを収めた。ふっと室内に沈黙が落ちて、彼女の静かな声がそれを引き取る。

「私、癌宣告されてるの。余命半年だって」

ちょっとした秘密を打ち明けるように、ほんの少し声を潜めて彼女は言った。柔らかな声は笑みすら含んでいるようで、僕は表情を作るのを忘れる。

彼女は穏やかな表情のまま僕から目を逸らすと、窓の外へと顔を向けた。

「子供のときから、何度も腸に腫瘍ができてたの。冬が来るとお腹が痛くなって、手術も何度もした。でも二年生になってすぐ今までにないくらい痛くなって、検査入院したら十二指腸と膵臓《すいぞう》に、悪性の腫瘍が見つかったんだって。もうリンパ節に転移してる。いつか癌に変化するかも、とは子供の頃から言われてたけど、そうだとしてももっとずっと後のことだと思ってたから、両親も驚いてるみたい。もしかしたらもう、学校には戻れないかもね」

彼女の口調は存外明るい。だからこそ、僕はどんな返事をすればいいのかわからない。

振り返った彼女が突然、「なんて、冗談だけど」と笑い出すのではないかと、そんな期待すら抱いてしまう。だからますます、何も言えずに待つしかない。

病院の窓からは、ガラスのすぐ向こうまで枝を伸ばした樹木の緑が見える。風が吹くたび波打つように葉が揺れるが、室内に低く響くエアコンの音に消されてしまって何も聞こえない。

音のしない風景は現実味が乏《とぼ》しく、僕の意識は白い病室内をふわふわと浮遊する。成す術もなく黙り込んでいると、窓の方を向いたまま彼女が呟いた。

「モモも、もうここへは来なくていいよ」

思ってもみなかった言葉をかけられ、僕は声もなく唇を震わせた。

文化祭が終われば、彼女にとって僕など用済みなのは最初からわかっていた。でも文化祭が終わったら、一緒に寄席に行くと約束したのに。

彼女がどんな表情をしているのか見えないのがじれったく、僕は爪先で軽く床を擦った。

「……また、お見舞いに来たい」

「いいって。今日来てくれたからもう十分。これっきりにして」

「でも、僕は」

「やめて」

それまでの穏やかな声から一転、僕の申し出をはねつけるように鋭い口調で彼女が遮る。その声には苛立ちすら滲んでいるようで、少し怯んだ。本気で嫌がっているのではないかと思えば、二の句も継げない。

彼女は一度言葉を切ると、自分の感情を宥めるように大きく深呼吸をした。幾度かそれを繰り返し、僕を振り返らないままひらりと手を振る。

「……今日はわざわざありがとう。もう文化祭に戻っていいよ」

せめて彼女がこちらを向いてくれれば、僕も大人しく立ち上がれた。

迷惑なら迷惑だと、言葉だけではなく表情でも示してほしい。そうしてくれないと引き下がれない。彼女と落語をするため協力し合ったほんの二ヶ月の間に、僕はこんなにも諦めが悪くなっている。

往生際悪く彼女の手元を見詰める。膝の上に無造作に置かれた左手が、柔らかく布団に沈んでいた。白い腕と、白いシーツ。赤いペンで書かれた三本の電話番号だけが鮮やかだ。

瞬きの後、ふと違和感に気づいた。

彼女の腕に書かれた番号を、これまでも何度か見てきた。だが、それはいつも二本ではなかったか。彼女も言っていたはずだ、両親の携帯番号を書いていると。

だとしたら、もう一本増えているあの番号は？

目を凝らす。末尾だけが見えた。五、七、と辿って、はっと目を見開く。

僕が沈黙したままなので、さすがに気になったのか彼女がこちらを向いた。瞬時に僕の視線に気づいたらしい。パッと左手を布団の中に入れて隠す。

一瞬だけ視線が合う。けれど彼女は勢いよく僕から顔を背けると、体ごと窓の方を向いてしまった。

僕は彼女の小さな背中を見詰め、半信半疑のまま尋ねた。

「昨日、公衆電話から連絡くれたけど……僕の番号、覚えてたの?」

彼女には以前、生徒手帳の切れ端に携帯電話の番号を書いて渡してあった。無造作にシャツのポケットに突っ込んでいたので、きちんと保管しているか疑問だったが。

彼女は何も言わない。それでも辛抱強く待ち続けていると、ぶっきらぼうな声で彼女は「覚えた」と言った。

「だったら、今ここで言ってみて。覚えてるなら」

再び沈黙が落ちる。今度はいくら待っても、彼女からの返事はない。

やはり覚えていないのだ。ならばどうして僕に電話ができた? 僕が渡した紙切れを持ち歩いていたか、あるいはどこかに書き留めていたのだ。

どこか。たとえば、左手首の内側。

彼女の腕に書かれた三本目の電話番号の末尾は、僕の携帯の番号と一緒だった。

胸の内側で、唐突に心臓が膨張した。全身を廻る血の勢いがどっと増す。

僕の番号も腕に書いておいてほしいと彼女に告げたのは夏祭りのときだ。あの時彼女は言った。家族の他は、好きな人の番号くらいしか書くつもりはないと。友達の番号は書かないと言っていたから、その『好き』の意味が特別なのは間違いない。

僕は薄く口を開く。大きく膨れ上がった心臓が喉まで圧迫して、すぐには声も出ない。

たったひとりで舞台に立ったときと同じか、それ以上に緊張した。

確かめなければ。彼女の腕に、言い訳のしようがない証拠がある今でなければ問い詰められない。今を逃したら次はない。

彼女の名前を呼ぼうとして、まだ一度もまともに名前を呼んだことがなかったことに気づいた。唇を横に開き、美園さん、と口にしようとしたとき、僕の息遣いを悟ったかのように彼女が声を上げた。

「出て行って。二度と来ないで」

叩きつけるような鋭い口調に、舌に乗りかけていた言葉が引っ込んだ。けれど、わずかに見える彼女の耳の先が赤いのが見えるから、僕は決死の思いで食い下がる。

「待って、これだけ――」

「聞きたくないの」

彼女はぎゅっと身を縮め、何かから身を守るような格好で、片手で耳を覆った。

「……言わなくていい。未練なんて、ひとつでも少ない方がいい」

僕に背中を向け、言わないで、と全身で彼女が訴えてくる。嫌だ、と反射的に口走りかけたが、途端に病室の白い壁がぐぅっとこちらに倒れ込んできて、息を呑んだ。

真っ白な病室が、四方から僕を責めるように迫ってくる。僕を拒絶するこの白さには見覚えがあった。妹が入院していた小児病棟だ。

見舞いに行くたび母は笑って僕を迎えてくれたが、目元が暗く翳って見えて怖かった。貴方が嫌だと言わなければ、と責められているようで、いつも逃げるように病室を後にした。

嫌だ、が、また引っ込んだ。

それでも溢れそうになる言葉を、今度は意識的に喉奥へと押し返す。俯いて、言うな、と自分に言い聞かせた。

彼女に残された時間は短い。たったの半年だ。僕が想いを伝えることで彼女の未練が増え、残りの時間すら苦しめてしまうくらいなら、きっと言わない方がいい。

何より彼女が、あんなにも全身で僕を拒絶している。

僕は静かに席を立つ。椅子の脚が床を擦る音が室内に響いたが、彼女は身じろぎもしない。

病室の入り口に立ち、彼女の背中をじっと見る。何か声をかけるべきだと思うのに、頭に浮かぶのはどれも本心から少しずつずれている。言葉にしたらますますずれてしまうのは目に見えていて、僕は黙って病室を出た。

彼女は最後まで動かなかった。そのせいか、真っ白な病室に取り残された彼女の薄青い背中は、写真以上に鮮明に記憶に焼きつき、しばらく僕の頭から離れなかった。

　文化祭が終わってからの一週間、僕は暇を見ては彼女の教室を訪れたが、学校に彼女が来ている様子はなかった。携帯があればメールのやり取りくらいできるのに。ときどき携帯を確認してみたが、公衆電話からの着信もない。

　本当は、彼女の見舞いに行きたかった。病室で交わした会話を思い返せば、彼女も僕を好きでいてくれているのでは、とどうしても思ってしまう。

　一方で、「これ以上未練を増やしたくない」という彼女の言葉も忘れられなかった。僕の身勝手な行動が、彼女の容態に悪い影響を与えるようなことがあってはならない。妹のときのように、我を張って取り返しのつかないことになるのは怖かった。

　学校にいても、家に帰っても、気がつくと彼女のことばかり考えていた。何も手につかなくなり、昼休みなのに弁当を開けることさえ忘れていた僕に声をかけてくれたのは高遠だ。

　高遠に連れられ、僕は久しぶりに職員室の隣にある小会議室へとやってきた。

　夏休み前に訪れたときは文化祭実行委員の本拠地としてフル稼働していた小会議室も、文化祭を終えた今は元の落ち着きを取り戻している。テーブルに山と積まれていた資料も綺麗に片付いて、やけにがらんとして見えた。

「文化祭が終わったのに勝手に使っていいの……？」

「構わん。誰か来たら出ればいい」

ふてぶてしく言い放ち、高遠は早速長テーブルに弁当を広げる。僕もその隣に座って、黙々と弁当を食べ始めた。

弁当を食べる間、高遠は特に何も尋ねてこなかった。最近の僕が何をするにも上の空なことは気づいているだろうが、あえてその理由を問うことはない。

僕は彼女のことを打ち明けようか迷ったが、できなかった。彼女の病気のことはまだ彼女のクラスメイトたちにも知られていないらしい。それだけに、軽率に高遠に話していいのかわからなかった。

あらかた弁当を食べ終えたところで、そういえば、と僕は顔を上げる。

「文化祭、勝手に舞台に上がってごめん……」

すでに弁当を食べ終えていた高遠が、ペットボトルのお茶を飲みながら横目でこちらを見る。文化祭からもう一週間も経つのに、まだあのときの無茶を高遠に詫びていなかった。

僕はいったん箸を置き、改めて高遠に頭を下げる。

「あの後のプログラムに、何か支障が出てたら本当にごめん。先生たちからも、何か言われなかった……?」

「別に。お前が舞台に上がっていたのは二十分足らずだったから、むしろ押し気味だった時間が調整できてよかった。先生たちは演目がひとつ変わったことなんて気づきもしなかったしな」

取り立てて問題はなかったと知り、僕は胸を撫で下ろす。

今頃になってようやく、文化祭は終わったんだな、と実感した。

僕は二日目の文化祭にほとんど参加していないが、堀先輩はマジックショーで拍手を浴びてご満悦だったたし、それがちょっとした噂になって僕らの喫茶店も盛況したし、文芸部も分厚い部誌を発行し、生物部もつつがなく展示を終えたそうだ。

唯一の心残りは、彼女が舞台に上がれなかったことだろうか。

気がつけば、また彼女のことを考えていた。箸を動かす手元がおろそかになる。

高遠の腰かけたパイプ椅子がギッと鈍い音を立て、我に返った。横を向くと、高遠が椅子の背もたれに寄りかかって腕を組んでいる。僕に横顔を向けたまま、高遠はあまり抑揚のない声で呟いた。

「……舞台のこと、どうして事前に相談しなかった？」

薄墨《うすずみ》で描いたように淡白な顔をした高遠の顔には、昔からあまり明確な感情が浮かばない。高遠が怒っているのかどうかもよくわからず、僕は小さく肩をすぼめた。

「だって……相談されたって困っただろ？　彼女のために舞台を空けてくれなんて」

そうでなくとも高遠は文化祭実行委員長として多忙を極めていたのだ。無謀な相談を持ち掛けるのは憚られた。

　僕が並べた言い訳めいた言葉を、高遠は溜息ひとつで吹き飛ばした。

「最初の団体が舞台に上がるのは十時からだ。お前たちには、九時半から十時の間を用意していたんだがな」

　高遠の反応を窺いながら弁当を口に運んでいた僕は、予想だにしなかった言葉にうっかり箸から唐揚げをとり落とした。ついでに指から箸も転げ落ちる。

　詳細を尋ねるどころか声すら出ない僕を見て溜息をつくと、高遠は彼女と秘密裏に交わしていた約束について語り始めた。

　彼女が体育館の舞台を使わせてほしいと文化祭実行委員会に直談判を始めたのは、六月も半ばを過ぎた頃だったらしい。

　最初こそ真面目に取り合わなかった高遠だが、彼女は毎日のように小会議室にやって来る。七月に入る頃には直訴の手紙も山となり、根負けした高遠は彼女と改めて話し合うことになった。

「どうしても舞台に上がりたい、と彼女は言っていた。落語なら空き教室でもできるだろうと説得したんだが耳も貸さない。どうしてそんなに舞台にこだわるのか尋ねたら、不可解なことを言われた。『夢を見ているようだから、早く覚めたい』んだそうだ」

　高遠がちらりとこちらを見る。なんのことかわかるか？　と問われているのがわかって、僕は無言で首を横に振った。彼女は僕にそんなこと、一言も言わなかった。

高遠も未だに意味が呑み込めていないらしく、鼻の頭に皺を寄せた。

「意味がわからず説明を求めたら、多少は言葉を変えてくれたんだが……やっぱりよくわからなかったな」

「……彼女、なんて言ったの？」

「『運命に抗いたい』そうだ」

「運命とは？」と尋ねた高遠に、「私の命を運ぶもの」と彼女は答えたらしい。

この言葉には、ぴんとくるものがあった。わかってしまったら、心臓がじわじわと押し潰されるように息苦しくなって、自然と視線が下を向く。

もうその時点で彼女は、自分の命がどこか遠くへ行こうとしていることを覚悟していたのだろう。

高遠にとって彼女の言っていることは半分以上理解不能だったが、何度追い返したところで彼女が諦めないのは想像にかたくない。文化祭当日まで放置しておく手もあったが、もっと手っ取り早く諦めさせようと、高遠は彼女に賭けを持ち掛けた。

「それがお前にやらせたテストプレイだ」

下を向いていた僕は、高遠の言葉で再び顔を上げざるを得なくなった。

「もともとあのゲームはとっくに没になった案だったんだ。ゲームの難易度が高すぎる上に、人手もいる。実行委員本来の仕事も詰まっているし、今年は見送るつもりだった」

言われてみれば、文化祭中に実行委員がそれらしいゲームをやっている様子はなかった気がする。彼女のことで頭が一杯で、今の今まで気がつかなかった。

「『俺の友人が君を見つけ出せたら舞台の件は検討する』と持ち掛けた」

「……彼女が僕を探すんじゃなくて？」

「彼女だったらどんなに不利な条件でも死に物狂いでお前を探し出すだろう。賭けにもならない」

渋る彼女を、高遠はこう説き伏せた。

「俺の友人が本気で君を探す確証はない。それでも、もしも出会えたら、きっとそれは運命なんだろう」

運命、という言葉に押し切られ、ようやく彼女も納得してくれたそうだ。

「お前を本気にさせるためにペナルティをつけてくれ、とは言われたがな」

「……見つけられなかったら文化祭実行委員の仕事を手伝うっていうやつ？　お前それ、完全に自分に都合のいいペナルティつけただろ……」

「結果としてお前は彼女を見つけてしまったんだ。もっと軽いペナルティにしてお前のやる気を削ぐべきだったと後悔した」

「下手に欲を出すからそういうことになるんだよ」

何はともあれ、彼女は賭けに勝った。約束は約束だ。不承不承、高遠は最初の団体が体育館のステージを使う前に彼女を舞台へ上げることにした。その時間でも一般客はすでに校内に入っているし、彼女の演目をプログラムに載せる必要もない。

高遠は早速彼女にそれを提案した。彼女は大人しく了承した後、僕がすでに彼女の手伝いを始めていることを高遠に明かした。

僕がどうやって舞台を押さえるか悩んでいることを知った高遠は、僕にもこの提案を話そうとしたらしい。だが、それは彼女に止められた。

「彼が相談に来たら、話くらいは聞いてあげて。でも、私と貴方の間でどんなやり取りがあったかはぎりぎりまで黙っていて。彼がどんなふうにこの問題を解決するか、見たいから」

高遠の口から彼女の言葉を聞き、僕はテーブルに突っ伏した。今になって、どうして彼女が舞台について僕に一言も聞こうとしなかったのか理解したからだ。

しかしどうして彼女は舞台に関する心配は無用だと教えてくれなかったのだろう。無理難題を押しつけられ、こちらは胃に穴が開きそうだったというのに。

テーブルに伏したまま唸っていると、高遠がぽつりと呟いた。

「『彼に私の運命を委《ゆだ》ねたい』、とも言っていたな」

唸り声が途切れる。

運命とはなんだろう。彼女の言葉を借りるなら、彼女の命を運ぶもの、だったか。

彼女は僕に、自身の命が運ばれていく先を任せたということになる。大げさすぎる気もする。だが、彼女はその時点で自分が癌だと自覚していた。格好をつけた上っ面だけの言葉ではなかったはずだ。本気だったに違いない。

だとしたら、その相手に僕を選んだ理由はなんだ。

突っ伏したまま考え込んでいたら、後ろ頭に鈍痛が走った。顔を上げようとしたが頭が重い。首を捻じるようにして横を向き、ようやく高遠が中身の減ったペットボトルを僕の後頭部に押しつけているのがわかった。

「お前が一言相談に来てくれれば、今の話も含めて全部打ち明けるつもりだったんだ。それなのに妙な気を遣って……当日までなんの音沙汰もないから、どうするつもりかやきもきさせられたんだぞ。その上あんなことを企てて……」

「ご、ごめん」

片頬をテーブルに押しつけたまま、僕は潰れた声で謝罪する。高遠は小さく鼻を鳴らすとペットボトルを持ち上げ、独り言のように言った。

「だが、あの落語はよかった」

素朴で率直な感想に、僕は胸を衝《つ》かれる思いがした。あまり人を褒めない高遠の言葉だったから、なおさらかもしれない。

「……ありがとう」

高遠はペットボトルの緑茶を一口飲むと、横目で軽く僕を睨んだ。

「気を遣ってさえいれば周りに迷惑をかけないと思ったら大間違いだぞ。たまには他人に相談しろ」

後頭部からペットボトルはどかされているのに、僕はまだ体を起こすことができない。

うん、と頷いたら、さっきより軽くなったペットボトルで再び頭を小突かれた。


高遠と昼食を食べた後、午後の授業中はもちろん、帰宅した後も何度も高遠の言葉を思い返した。

いろいろと驚くことはあったが、一番気になったのは『彼に私の運命を委ねたい』という彼女の言葉だ。どうして彼女は僕を相手にそんなことを思ったのだろう。

夕食の席でも、ほとんど何を食べているのかわからない状況で考え込んでいたら、向かいに座る父に声をかけられた。

「そういえば、太郎にあんな特技があるとは思わなかったな。落語なんてやってたのか」

食卓の中央に置かれた塩やしょうゆを眺めて咀嚼を繰り返していた僕は、ようやく現実に戻って顔を上げる。

食卓はもう半分ほど片付いていた。早々に食事を終えた妹はテレビの前に陣取ってこちらを見ない。母はキッチンで洗い物をしていたが、父の声が聞こえたのか、水音に負けぬよう声を張り上げた。

「ほんと、びっくりしたわよ。いつの間に練習してたの？」

僕と一緒にテーブルに残った父は、あらかた食事を終えているようだ。柿の種をかじりつつ、ビール片手に僕の返事を待っている。

いつもは真っ先に僕が食事を終えて席を立ってしまうので、こんなふうに父と二人で食卓に残ることなど滅多にない。僕は少しだけ緊張して箸を動かした。

「本当は、僕がやる予定じゃなかったんだけど……」

「また誰かに押しつけられたか。でも、上手かったぞ？」

そうかな、と返して、味噌汁に浮かぶ油揚げを箸の先でつつく。キッチンからはまだ水音がしているし、妹はテレビに夢中だ。黙って食事をするのも気詰まりで、僕はぽつぽつと落語をすることになった経緯を父に話した。

ほとんど無理やり彼女につき合わされて、舞台にまで上がってしまったことを話すと、父は声を上げて笑った。

「じゃあ、その子に感謝しないとなぁ。太郎はあんまり表舞台に立ちたがらないから、その子がいなかったらあんな大舞台に上がることもなかっただろう？」

そうだね、と僕は頷く。

偶然僕の落語を見た同級生たちも同じ感想を抱いたようで、文化祭が終わった直後はいろいろな場所で声をかけられた。からかい半分で「よ、桃家！」などと呼んでくる者もいたし、面白かった、と言ってくれる人も少なからずいて、少しだけくすぐったい思いをしたものだ。

父も、「泣けたなぁ、あれ」、などと言いながら、芝居がかった仕草で目頭を押さえている。少し酔いが回っているようだ。父なりの冗談をどう受け流していいのかわからず、僕はリビングからベランダに出る窓に視線を飛ばした。

白々と明るい室内から覗き見る夜の暗さは、舞台の上から見た客席の暗さを彷彿とさせた。閉めきった体育館の空気をどっと揺るがした笑い声と、最後に場内を包んだ、温かな雨音に似た拍手を唐突に思い出す。

自分の言葉で、誰かが笑う。自分のために、惜しみない拍手が送られる。

前触れもなくあの感動が蘇り、ぶるりと背筋に震えが走った。

本来ならば、あの場で深々と頭を下げ、場内を包む拍手を浴びていたのは彼女だった。僕よりもっと大きな拍手をもらえたかもしれない。

でたらめながら僕が落語をやり切ることができたのは、彼女が作った原稿のおかげだ。それから彼女の練習を繰り返し聞くうちに覚えた、彼女の抑揚や間の取り方。それが観客の感情を揺らしたのだと、僕はまだ彼女に伝えていない。

伝えたい、と思った。

今からでも、彼女に伝えたいことがたくさんある。

僕は窓の外に広がる宵闇《よいやみ》から室内へと視線を戻し、向かいでビールを飲む父に尋ねた。

「……やっちゃダメだって言われたけど、どうしてもやりたいことがあった場合、父さんだったらどうする？」

父にこんなことを尋ねてみる気になったのは、たまには他人に相談しろ、という高遠の言葉が頭に残っていたせいかもしれない。

ためらったのは一瞬で、案外すんなり言葉が出た。僕に背を向けた彼女に声をかける緊張に比べれば、父に感じるそれはささやか過ぎるほどのものだ。

ビールを飲んで目元を赤くした父は、少しばかり驚いた顔で缶をテーブルに戻した。そして、胸の前で腕を組んで真顔で答える。

「そうだな……犯罪でない限り、やっておいた方がいいだろうな」

「父さんも、自分が若い頃はそうしてた？」

「してなかったから言ってるんだ。そのときは納得した気でいても、後になってから後悔するし、もうあの頃には戻れない」

げふ、と小さくげっぷをして、父は腕を組んだまま続けた。

「高校生のとき、父さんも文化祭で劇をやったんだ。主役に立候補したけど、父さんの友達も同じ役に立候補して、どっちが主役をやるかで少し揉めた」

迷った挙句、父は友人に主役を譲ったらしい。そのことを未だに後悔しているらしく、せめてオーディションでもしておけばよかった、と父は悔しそうな顔をする。

「なまじ仲が良かっただけに妙な気を遣って……失敗したなぁ。稽古が始まってみたら、そいつ思ったほど熱心に練習しないんだよ」

もう三十年近く前のことだろうに、父は本気で悔しそうだ。まだ全く納得できていない顔で、白髪交じりの髪に指を突っ込んでがりがりと頭を掻いている。

「自分の方が大人になって相手の気持ちを汲んでやった気でいたのに、実際は全然見当違いで、未だに後悔してて……馬鹿みたいだよなぁ」

ぼやくような父の言葉が、わずかに胸の表面を引っ掻いた。

もしかすると、彼女の迷惑にならないようにと見舞いに行かない僕の気遣いも、見当違いだったりするのだろうか。

はたまた、そんなふうに思うことの方が見当違いなのか。

考えてもわからない。彼女のいない場所で、彼女の胸の内を想像してばかりだ。

「だからお前が舞台に立ってるのを見たとき、なんだが目頭が熱くなってなぁ……」

父が再び目元を押さえてテーブルに肘をつく。俯いて、なんだか本格的な演技をしているな、と思ったら鼻をすする音まで聞こえてきてぎょっとした。本当に泣いている。

ようやく洗い物を終えた母が、緑茶の入った湯呑を持ってテーブルに戻ってきた。僕と父の前にそれを置き、「泣き上戸」と父をからかって笑う。

「息子があんな立派に舞台に立ってたら、そりゃ泣くだろ」

なんのてらいもなく僕を息子と呼ぶ父に、どんな顔を向ければいいのかわからない。父は僕の表情を窺うこともしないから、本当に自然に口をついて出た言葉なのだろう。

意識しているのは僕だけだ。

多分、最初から、僕だけだった。

どれだけ時間を重ねても、同じ屋根の下に暮らす他人にしかなれないのだと思っていた。でも、いつの間にか家族になっていたのだろうか。

思春期のニキビみたいに。

自然と彼女の言葉が頭に浮かんだ。でもやっぱり、上手いたとえとは思えない。

「やりたいことがあるならやっておけ。後々まで悔いが残るぞ」

温かな湯気が上がる緑茶を手元に引き寄せながら、父は僕の目を見て断言する。

彼女にも同じようなことを言われたことを思い出し、僕も素直に頷いた。

思いがけず父の昔話など聞いた翌週、学校で保健医の藤田先生に会った。

昼休みに渡り廊下でばったり出くわして、どちらからともなく足を止める。

「落語、見たよ」

そばかすの浮いた顔に、先生はぎこちない笑みを浮かべる。なぜ彼女が舞台に上がらなかったのか尋ねてこないのは、きっと彼女が病院へ運ばれたことを知っているからだろう。彼女が学校を休んでいる理由は生徒に公表されていないようだが、さすがに学校には連絡が入っているはずだ。

二人して、渡り廊下の隅に寄る。強い日差しが容赦なく照りつける渡り廊下に立ち止まる者は少なく、誰もが僕たちの前を足早に通り過ぎていく。

「……彼女の病気のこと、知ってたんですか？」

若い女の先生と面と向かって話をするのも気恥ずかしく、廊下の窓から一階を見下ろし僕は尋ねる。先生も僕の隣に立ち、同じように窓に向かって答えた。

「ううん……私は、体調が悪いとしか聞いてなかった」

ならば先生も驚いただろう。あんなに元気だった彼女が癌だなんて。その上、余命半年だなんて。

僕は未だに信じられない。

「お見舞いには行ったの？」

「一度だけ……。でも、もう来なくていいって言われてしまって」

そう、と先生は囁くような声で返事をして、窓ガラスが一瞬だけ白く曇った。

「彼女、保健室でも友達に同じこと言ってたわ」

彼女が頻繁に保健室を訪れるようになったのは今年の五月頃。最初は友達が付き添ってくれていたらしいが、段々と彼女ひとりでやって来るようになった。しまいには、友達が様子を見に来ても追い返そうとする素振りすら見せ始めたそうだ。

「せっかくだから一緒にいてもらったら？　って言ってみたことがあったの。でも美園さん、『私のために時間を使ってほしくないんです』って……」

そのときの、彼女の顔が目に浮かぶ。瞬きもせず相手の目を見詰め、反論など認めない態度で言いきったのだろう。

その頃から、彼女はもう自分が余命いくばくもないことを知っていたのだろうか。だから友人たちと少しずつ距離をとっていったのか。

もう死んでしまう自分には関わるな、と？

「そうは言いつつ、友達が帰った後はいつも淋しそうな顔してたけどね」

先生が苦笑交じりに言い添えて、思い描いていた彼女の不機嫌そうな顔が、ぱちんと弾けた。

淋しそう、と言われても、彼女のそんな顔は想像ができない。怒った顔ならすぐ思い浮かぶのに。少しだけ照れたような顔も、笑った顔も。

病院で見た、何もかも諦めたような穏やかな顔も。

先生と別れた後、廊下を歩きながら彼女の淋し気な顔を想像してみた。けれどはっきりしているのは輪郭だけで、目元は靄《もや》がかかったままだ。まだ見たことのない彼女の顔があるのだな、と、当たり前のことを思い知る。

僕は自分のクラスへ戻らず、彼女のクラスに向かう。彼女が学校を休むようになってから、昼休みのたびに彼女の姿を探しに行くのは日課になっていた。

いつものように、教室の入り口からひょいと中を覗き込んだ。

彼女の席は窓際の一番後ろ。彼女と初めて出会ったのもこの場所だ。ちょうど二重の虹が出て、皆が空に向かって携帯を構える中、彼女だけがじっと虹を見詰め続けていた。

あの日の後ろ姿を探すように室内を見回す。今日も彼女の姿はない。落胆するより、やっぱり、と思ってしまった。そのまま踵《きびす》を返そうとして、ふと気がついた。

窓際の、一番後ろ。何か変だ。いつもと違う。

ぽっかりと空間ができている。あの場所だけ床が広い。

彼女の机が、無い。

その瞬間、ざぁっと体から血の気が引いた。

教室の扉に手をつき、爪先だけ廊下に残して目一杯体を傾ける。見間違いではない、彼女の机が無い。

彼女の机が、彼女の戻るべき場所が、無い。

彼女はもう二度とこの教室には戻ってこないのだと突きつけられた気がした。馬鹿め、お前がぐずぐずしているから、と何者かが僕を罵倒《ばとう》する。

罵倒しているのは僕自身だ。

目の前の景色が二重にぶれる。よろめきそうになったところで予鈴が鳴った。教室にいた生徒たちが慌ただしく動き始める。机を寄せ合って弁当を食べていた女子たちが、ガタガタと机を元の位置に戻した。

窓際の一番後ろ。彼女の机があった場所にも、きちんとそれは戻ってくる。休み時間の間だけ、誰かが借用していただけらしい。

彼女の机が定位置についた瞬間、その場にしゃがみ込んでしまいそうになった。口元に手を当て、妙な声が漏れてしまいそうになるのを必死でこらえる。全力疾走したわけでもないのに、心臓は早鐘を打ったままだ。

息が整うまでその場に立ち尽くし、唐突に悟った。

こんなふうに、なんの予告もなく彼女はいなくなってしまうのだと。

余命半年、と彼女は言った。僕は漠然と、少なくともあと半年は彼女が生きているのだと思っていたが、そうではない。

最長で半年なのだ。

いつか彼女が言っていた、「悔いが残るから」という言葉の意味をまざまざと理解した。

自分にしかわからない悔いが残って、一生引きずらなければならないのだと。

　彼女の机がないと勘違いした瞬間、大声で僕自身に怒鳴りつけられた。やっぱり病院に行くべきだった、彼女に想いを伝えるべきだった、彼女の本心などわかりはしなかったのにと。

　僕は勝手に彼女の気持ちを理解した気になって、彼女の全部をわかった気で、その実、彼女の淋しそうな顔すら見たことがない。拒絶されることに怯え、彼女の本音を聞き出すべく踏み込むこともしなかった。彼女の声が聞けるのは今だけなのに。

　遠くない未来、彼女の声も、言葉も消える。

　今日、藤田先生から聞かされたように、後から彼女の本心を垣間見るのでは遅い。僕が彼女を置いて病室を出たあのとき、もしも彼女が淋しそうな顔をしていたらどうする。

　彼女に限ってあり得ない、と決めつけてしまうのは簡単だ。だが実際に確かめない限り、それは可能性としてずっと自分の中に残る。他人にとっては些細なことが、十年も二十年も忘れられず、きっと悔やむ。父のように。

　僕はこの先、何年生きる？　三十年か、四十年か。彼女の机を見失った瞬間味わった後悔を、それだけの時間何度も思い出すのか。

　呆然と教室の入り口に立ちすくんでいたら、「桃家」と後ろから声をかけられた。

　緩慢に振り返ると、見覚えのない男子生徒が僕に手を振った。僕の隣を通り抜け、「落語、来年もやれよ」と言って教室に入っていく。僕の落語を見てくれたのだろう。

ぶっつけ本番の落語だったのに、あれはあれで皆の印象に残ったようで、僕はいろいろな場所で「桃家」と呼ばれるようになった。

まだ夏休みが始まる前、最初に彼女に声をかけられたときは、なんて面倒なことに巻き込まれてしまったのだろうと思った。彼女の無茶な要求に辟易もした。こんなことを強行しても、周りの人間に迷惑をかけるだけだと思った。

けれど彼女が迷いもなく成し遂げたことは、思いがけずたくさんの人の記憶に残っている。それも悪い印象ではない。記録に残るのは嫌だ、記憶に残りたいと繰り返していた彼女は、自身の言葉をまっとうしたのだ。

伝えなければ、と思った。

僕の声が彼女に届くうちに。彼女から言葉が返って来るうちに。

そう思ったら居ても立ってもいられなくなって、僕は教室に戻ってカバンを掴むと、五時間目の授業を放り出して病院へ向かった。

『美園玲』とプレートがかかった病室の扉を叩く。すぐに返事があって、中に入ると前回と同じく、ベッドの上に彼女がいた。

部屋には彼女ひとりきりで、家族などつき添いの人はいないようだ。

彼女は僕が来ることなど露ほども予想していなかったらしい。振り返った顔に驚愕の表情が浮かんだが、すぐにそんなものは脱ぎ捨て、眉間に力を込めた不機嫌な顔になった。

無言のまま、表情だけで彼女は僕を拒絶する。僕の言葉なんて聞きたくもないのだろう。だとしても、伝えたかった。たとえそれが、彼女の未練になってしまったとしても。

ベッドに近づく僕を見て、彼女は威嚇するように低く呟く。

「もう来ないでって言ったはずだけど」

「うん。言われた」

「わかっててなんで来たの」

「ごめん」

「帰って」

僕は小さく口を開く。嫌だ、と言葉にしようとしたが、やはり声は出なかった。病室の白い壁は、今も変わらず僕を追い詰める。

だからといって、このまま立ち去るつもりもなかった。

彼女に残された時間は短い。彼女と共に過ごせるのは、今だけだ。

僕は唇を引き結ぶと、一直線に彼女を見据え、無言で首を横に振った。

瞬間、彼女の顔からさっと表情が抜け落ちた。

こんな状況にもかかわらず、僕は嫌だと言うことができない。だから動作と、表情と、視線で彼女の言葉をはねつけた。

　他人の申し出を断る、強く意思表示をする、それ自体が僕にとって忌避《きひ》すべき行為だと、彼女はすでに知っている。その理由すら承知しているだけに、何も言えなくなってしまったのだろう。黙り込む彼女のもとへ、僕は静かに歩み寄った。

「遅くなったけど、文化祭の報告。急きょ舞台に上がった僕の演技でも、皆褒めてくれたよ。うちの家族も見に来てくれた。父親は泣いてた」

　僕と父の間にあるわだかまりのことも知っているからか、彼女の顔から頑なに突っぱねる表情が薄れた。その隙を逃さず、僕は続ける。

「お礼を言いたかったんだ。君が無茶苦茶を言ってくれたおかげで、僕は夢みたいな舞台を知ることができたから」

　夢みたい、という言葉の意味を摑み損ねたのか、戸惑った顔で彼女は頷く。実際あの場にいなかった彼女には、暗い客席から押し寄せる潮騒のような拍手を想像することなどできないだろう。

　そしてもうひとつ驚くべきことに、文化祭の後、あんなにも無茶な計画を実行に移した僕らを責める者は誰もいなかった。

　堀先輩は結果として舞台を奪われることになったし、高遠だって僕には言わなかったが何かしら責任を問われただろうし、僕の後に舞台を使う団体も少なからず影響を受けたはずなのに。文化祭の後、思いつく限り全員に謝りに行ったが、誰も僕らを責めなかった。我を通せば集団から弾き出されると思い込んでいた僕にとっては驚くべきことだ。だから僕は信じたい。

思いを貫くことが、常に悪い事態を招くわけではないのだと。

「君のことが好きだ」

彼女が警戒線を張り直す前に、脈絡もなく僕は告げる。

今まさに不機嫌な表情を作ろうとしていたのだろう彼女が、鋭く息を呑んだ。その下から新たな表情が滲む前に、僕は尋ねる。

「だから、一緒にいてもいいかな」

最期まで。

口にはしなかったが、きちんと彼女には伝わったらしい。

彼女の瞳が揺れる。表情を決めかねているのか、目元と口元が小さく痙攣する。それでも最後は気持ちを定めたようで、彼女は強気に眉を吊り上げた。僕を睨んで、色を失った唇からは今にも罵声が飛び出しそうだ。

僕は両手を脇に垂らし、黙って彼女の答えを待つ。

もしかすると僕は彼女の本心を見誤り、見当違いなことを言ってしまったかもしれない。それでも後悔はなかった。ただ、きちんと僕の声が彼女に届いたことに安堵する。その上で、彼女の返答を受け止められれば、十分だ。

沈黙が続く。そのうちに、僕を睨む彼女の眉が少しずつ下がり始めた。噛みしめていた奥歯が緩み、彼女の唇がへの字に曲がる。真っ黒な瞳の表面でゆらゆらと水が揺れ、溢れ、陶器のように白い頬が涙の粒を弾き返した。

薄青い病衣に涙が落ちて、胸元に丸い染みができる。転がり落ちるビー玉を連想していたら、やおら彼女が俯いた。

「駄目って言ったらどうすんの」

「いいって言ってくれるまで、毎日病室に通う」

「結局来るんじゃん……」

ばか、と言われたので、ごめん、と返した。

手の甲で、彼女がごしごしと目元をこすっている。左手首の内側には、まだ電話番号が書かれているようだ。

以前は二本で、前回見たときは三本で、今は一本しか残っていない。

綺麗な青いマジックで書かれたそれは、確かに僕の電話番号だった。


二度目に彼女の病院を訪れた翌日、彼女が高熱を出した。

学校帰りに病院へ寄った僕は、点滴を受けてぐったりとシーツに沈み込む彼女を見て、部屋に入れかけた足を宙で止めてしまった。前日の自分の言動が彼女の容態に悪影響を与えたのではと、全身の筋肉が恐怖で竦む。

室内に入っていいかもわからず二の足を踏む僕に声をかけてくれたのは、つき添っていた彼女の母親だ。病状が急変したわけではなく、抵抗力が弱っているので細菌に感染しやすくなっているらしい。風邪のようなものだと笑ってくれた。

それから一週間ほど、彼女は熱っぽい顔でだるそうにベッドに横たわっていた。

このまま彼女は衰弱していってしまうのではと、僕は毎日気が気でなかった。ほとんど会話もない状況で、それでも毎日彼女を見舞った。

数日後、すっきりした顔でベッドに腰かける彼女を見たときは、どれほど安堵したことだろう。完全に熱が下がる頃には、彼女も僕を笑顔で迎えてくれるようになっていた。

十月に入ると、病院に到着する時刻にはすっかり日が落ちるようになった。

院内は空調が整備されているが、彼女はカーディガンを羽織ることが増えた。衣替えが終わり、僕の制服のワイシャツも、半袖から長袖に変わっている。

彼女の容態が安定した後も、僕は毎日彼女を訪ねた。学校からまっすぐ病院へ向かい、面会時間が終わるまでの一時間ほど、彼女と他愛のない話をして帰る。その間は、彼女の家族も気を遣って僕たちを二人きりにしてくれた。

いつものように学校帰りに病院へ寄った僕は、毎回素通りする病院の売店で立ち止まり、思い立ってフリスクを買った。

「これ、前はよく食べてたから。お見舞いに」

そう言って彼女にフリスクを手渡すと、彼女はベッドに座ったまま声を立てて笑った。

「今更お見舞いの品とかいらないのに。それに花とか本じゃない辺りがモモらしいよね。格好つかないっていうか……いや、嬉しいけどね？」

僕の見舞いの品はあまり女心を理解していなかったらしい。肩を落とす僕にフォローを入れて、彼女は手の中でフリスクの容器を振った。

「確かにこれ、よく学校に持っていったけど……実はあの中身、フリスクじゃなかったんだよね」

「じゃあ、何を入れてたの？」

「痛み止めの薬」

驚いたが、納得もした。どうりで口の中でフリスクを噛み砕かなかったわけだ。

驚いて、腑に落ちて、続けて不安に襲われた。学校の中だけでなく、夏祭りでも彼女はフリスクを持っていた。痛み止めを常備しなければいけないくらい、彼女の体は病魔に侵されているということか。

「これも嬉しいけど、今度は落語の本持ってきてよ。昼間は本でも読んでないと暇で仕方ないから」

僕の表情が翳《かげ》ったことに気づいたのか、彼女がさらりと話題を変える。

笑顔の彼女は、きっと僕に余計な気遣いをさせまいとしている。当の彼女に気を遣わせてどうすると、僕も強張っていた表情を無理にほぐした。

「わかった。明日にでも買ってくる」

「そんなに急がなくてもいいよ。それにそろそろ中間でしょ？　お見舞いに来てくれるのは嬉しいけど、ちゃんと試験勉強してる？」

点数が下がった言い訳にされても困る、と彼女は茶化すように言うが、こちらを見る目はどこか不安そうだ。

わざとやっているんだろうか。それとも口と違って、目からは素直な感情が溢れてしまうものなのか。どちらにせよ、わかった以上見逃せない。

「試験勉強なら家に帰ってからちゃんとやってる。来週も来るよ。テスト期間中も」

「無理してない？」

「してない。僕が来たくて来てるだけだし」

本心をつまびらかにするのは少しばかり気恥ずかしかったが、ここまで言わないと彼女も引き下がってくれない。「じゃあいいけど」と可愛くないことを言いつつも、彼女の口元に浮かんだ笑みは嬉しそうだ。可愛くない、は撤回すべきか。

他愛もない話をしていたら、面会時間の終わりを告げる放送が流れた。

彼女と病室で過ごす一時間は短い。家に帰ればなんの話をしていたのか思い出せないくらいとりとめのないことを喋っているだけなのに、教室で黒板に向かっている五十分とは比較にならないほどあっという間に過ぎていく。

僕が病室を出た後は、彼女の家族が入れ替わりに部屋に入ってくる。彼女に一言挨拶をしてから帰るのだろう。長居して彼女の家族を待たせてはいけないと席を立とうとしたら、シャツの肘を摑まれた。

唇を真一文字に結んだ彼女が、無言で僕のシャツを引っ張ってくる。まだ帰るな、ということか。再び椅子に腰を落ち着けると、彼女の指先からゆるゆると力が抜けた。

「じゃあ、あと一分だけ……」

腕時計を見て控えめに僕が言うと、「五分」と彼女が言い返してきた。

入院しても、文化祭が終わっても、彼女が居丈高《いたけだか》なのは変わらない。変わってしまったのは僕の方だ。以前は彼女に真顔で詰め寄られると恐縮してばかりだったのに、今はどうにも、頰が緩む。

「最初の頃と比べると、別人みたいに可愛くなったね」

まだ僕のシャツを摑んだままだった彼女が、パッと手を退ける。

睨まれたが、もうあまり怖くない。笑いを嚙み殺す僕を見て、彼女はばつが悪そうに目を逸らす。照れているのだろう。しばらく見守っていると、ぶっきらぼうな口調で「可愛いだけにしといて」と言ってきた。可愛い、という部分に異論はないらしい。

僕は耐えきれず笑ってしまい、怒った彼女はそっぽを向いて、結局彼女の機嫌を直すのに残りの五分を費やした。

彼女に好きだと伝えてから三週間が過ぎているが、僕は彼女から明確な返事をもらっていない。ただ、病室に顔を出すことは許してくれたし、前より僕に対する物腰が柔らかくなったのは感じる。

何より雄弁なのは、彼女の左手だ。

毎日のように違う色のペンで、彼女は僕の携帯番号をそこに書いている。それが答えだとでも言いたげに、最近では隠す素振りもない。

だから僕もあえて彼女に返事を問わない。

彼女の左手を見ている僕に気づいて、彼女がいたずらっぽく笑うだけで十分だった。

彼女に本をねだられた翌日、学校帰りに書店へ寄った僕は早速落語の本を買った。

その日から、彼女にたびたび「落語を聞かせてほしい」とせがまれるようになった。文化祭で僕がやった佃祭を聞けなかったのが悔しいらしい。

「本当は公衆電話にありったけの小銭をつぎ込んで全部聞くつもりだったんだけど、通りかかった人が異変に気づいて救急車を呼んでくれちゃったから……」と、彼女は拗《す》ねたような顔で言う。

とはいえ、彼女がみっちり練習した佃祭を、当の本人を前に演じるのは気が引ける。せめてもう少し練習してから、と断り続けていたら、「だったらこれ読んで」と落語の本を押しつけられてしまった。

そんなやり取りがきっかけで、僕が贈った本から、一日一話落語を読み聞かせるのが習慣になった。彼女は毎回「感情がこもってない」などと注文をつけつつ、背もたれ代わりの枕に寄りかかって大人しく耳を傾ける。

そんなふうに過ごした十月が、そろそろ終わる頃のこと。

ベッドの側に丸椅子を引き寄せ、しおりの挟まった落語の本を開いた僕は、タイトルを見て小さく声を上げた。

「死神だ」

以前、彼女にあらすじを教えてもらったことがある。さっそく読み始めようとすると、ぽつりと彼女が呟いた。

「……私が初めて聞いた落語だ」

「そうなの？」

「うん。落語なんて興味もなかったのに、うっかり見ちゃったの。この病院で」

どうやら今日の彼女は、僕の落語を聞くより話をしたい気分らしい。僕は大人しく本を閉じ、話の先を促した。

それは今年の四月。彼女が腹部の猛烈な痛みを訴え、病院に検査入院をしたときのことだという。

痛み止めのおかげで目下の激痛は去り、暇を持て余して病院内を散策していると、通り過ぎた病室からどっと笑い声が上がった。彼女は後ろ歩きでその部屋の入り口まで戻り、中を覗き込んでみたのだそうだ。

四人部屋の病室には、ベッドの数を上回る人数がいた。窓際のベッドを囲むように丸椅子を寄せ、小さくくすくすと笑っている。男性もいれば女性もいたが、全員が病衣を着た入院患者だった。

彼らが囲むベッドの上には、禿頭《とくとう》の痩せた老人がいた。彼もまた病衣を着ている。枕元に布団を寄せ、シーツの上に正座をして、しゃがれた声で何か喋っている。

老人の声はひび割れ、入り口に立つ彼女の耳にまではっきりと届かない。それでも、老人がベッドの上で身振り手振りをつけて何か言うたび、周りにいる入院患者たちが声を上げて笑う。

あれは一体、なんだろう。

不思議に思った彼女は、それからたびたびその病室を訪れるようになった。

彼女が通りかかるたび、禿頭の老人はベッドの上に正座をして何事か語っていた。その周りにいる入院患者は、見るたび顔ぶれが違うようだった。人数もそのときによってまちまちで、大勢いるときもあればひとりしかいないときもあり、ときには周囲に誰もいないのに、老人ひとりで喋っているときもあった。

あまり頻繁に彼女が病室の前を行き来するせいか、あるとき丸椅子に腰かけていた患者のひとりが彼女に手招きをした。大丈夫だからおいで、と笑顔で誘われ、わけがわからないながら空いていた椅子に腰を下ろした彼女は、ようやくベッドの上の老人が落語を演じているらしいことを知った。

禿頭の老人は、話の途中で苦し気な咳をすることがよくあった。話を終え、聴衆に向かって頭を下げた後は肩で息をしていることも珍しくなく、喉の奥から漏れる息は、細い隙間に無理やり風を通すようにひゅーひゅーと高い音を立てていた。

そんな状況にもかかわらず、彼女が病室の前を通り過ぎるたびに老人は落語をしていた。どれだけ激しく咳き込んでも、途中で話をやめることはなかった。

老人が何者であるか、その謎を明かしてくれたのは彼女の両親だったという。

入院中の患者たちは、とかく時間を持て余している。ここでは会話が何よりの暇つぶしだ。病棟の飲食スペースなどにいれば、患者同士の会話から、何号室の誰がどんな病気で入院しているのか、簡単にわかってしまったりするものらしい。

禿頭の老人は、かつてはプロの落語家だったそうだ。今は肺癌で入院しており、すでに末期の段階に入っているという。

癌と聞いて、彼女はますます足しげく老人のもとを訪れることになった。

入り口から室内を覗くばかりでなく、丸椅子に腰かけて落語を聞くこともあった。死神のオチが複数あることもこのとき知ったらしい。最初は老人がオチを間違えたと思い、はらはらしたものだと彼女は笑った。

検査のため病院に入院してから一週間が経った日、彼女は医師から癌を宣告された。

その瞬間自分が何を思ったのか、彼女はもう覚えていないという。悲しかったのか悔しかったのか怖かったのか、それさえも曖昧な中、彼女はふらつく足で元落語家の老人のもとへ向かった。

老人の病室を訪れるのが、入院中の習慣と化していたからかもしれない。あるいは老人も自分と同じく癌を患っていたからかもしれなかった。

だが、病室に老人の姿はなかった。朝方急に容態が悪化し、集中治療室に運ばれていったと同室の患者が教えてくれた。

それきり、元落語家の老人は戻ってこなかった。患者たちの噂では、癌ではなく肺炎で亡くなったということだったが、真偽のほどはわからない。

老人は、病室を移る前日まで落語をしていた。

ベッドの上で正座をして、登場人物たちと一緒になって四六時中笑ったり怒ったりしていた。ときどき咳き込みながら、それでも落語をやめなかった。

苦しそうに、楽しそうに。明日には自分が死ぬかもしれないのに、他人を笑わせるためだけに懸命に。

あれは一体なんだったのか。

そのとき初めて、彼女の人生に『落語』というものが転がり込んできたらしい。

「……だから文化祭で、落語をやろうと思ったの？」

人生の最期に何か熱中できるものを、と彼女が考えたとき、死の間際まで落語を演じていた元落語家の姿を思い出した、というのはごく自然な流れだ。

そう予想して尋ねたのだが、彼女は曖昧な顔で首を傾げてしまった。

「え、違うの？　今のが落語をやろうと思ったきっかけじゃないの？」

「いや、うーん……まあ、そうだね……？」

彼女にしては珍しく歯切れが悪い。

彼女は膝の上で何度か指を組み替え、ちらりと僕に視線を送る。何？　と僕が身を乗り出すと、今度は窓の方へ顔を向けてしまった。

「……やっぱり、ちょっと恥ずかしいから黙っとく」

「この期に及んで？」

大体、文化祭で落語をやろうと決めたきっかけが恥ずかしいとはどういうことだ。恥ずかしがるようなきっかけを思いつく方が難しい。

問い詰めようとしたが、彼女が勢いよく振り返ったせいで声が引っ込んだ。

「それより、死神のオチを自分なりに考えてみたの！」

彼女が強引に話題を変えてくる。僕としては落語をやるきっかけを聞きたかったが、こうなると彼女は頑固だ。無理に口を割らせるのは難しいと見切りをつけ、彼女の話に乗ることにした。

「ハッピーエンドとかバッドエンドとか、いろいろあるんだよね？」

「うん。でも私は結末だけじゃなくて、話の土台から考え直してみた」

「というと？」

「主人公の男は、記憶喪失の死神っていうのはどう？」

まだ彼女が落語を始めたきっかけが頭の半分を占めていた僕も、さすがに軽く興味を引かれた。それはなかなか新味がある。

その新設定を思いついたきっかけは、彼女が改めて『ろうそくで寿命を管理された世界』を想像したところに端を発する。

もしも本当に、人間の寿命がろうそくで管理されていたら。他人のろうそくを継ぎ足すことで、自分の寿命を延ばすことができたなら。

「だったら私は、もっと長く生きられる人間とろうそくを交換するだろうなって思ったの」

彼女は一抹の躊躇も見せず、きっぱりと言い切った。

彼女の命の短さを再認識させられて言葉もない僕など顧みず、彼女は歯切れよく続ける。

「でも、自分の命惜しさに他人の命を奪うのはさすがに良心が痛むじゃない？　せっかく長生きできても、誰かの命を奪った後ろめたさは消えないし。だったら、私と同じような病気の人と交換したらどうかなって思ったの。相手だってどうせ近いうちに死んじゃうんだから、罪悪感が少なくて済むでしょ。そうやって、自分よりほんの少し長く生きる人たちとろうそくを交換し続けていれば、天寿を全うしたって言われる年まで生き続けることも可能じゃない？」

彼女の言葉に淀みはない。理論にも破綻《はたん》はないように思える。架空の話だ。倫理観もこの際脇に置いておいていいだろう。話の腰を折るのもためらわれ、無言で相槌だけ打っておいた。

遮るもののない彼女の言葉は、ますますもって熱を帯びる。

「死期の迫った病人の枕元に近づいて、気づかれないように自分のろうそくと相手のろうそくを交換する。でもその姿を想像して気がついたの。そうなったらもう、私自身が死神だなって。だとしたら、死神の正体って私みたいな、『死にたくない人』のなれの果てなのかなって思ったんだ。自分の命を延ばすために、他人の命をちょっとずつ奪い続けなくちゃいけない人たち」

私みたいな、という言葉を、さらりと彼女は口にする。表情からは窺えない、彼女の本音が透けて見える。

「それで、ちょっと考えてみたわけ。主人公が記憶喪失の死神だったとして、もしも記憶が戻ったら、前みたいに他人の命を奪い続けるかなって」

言葉を切り、彼女はそのときの思考を辿るように視線を揺らす。もしくは、今新たに考え直しているのかもしれない。

やがて結論が出たのか、宙を眺めていた彼女が僕を見た。

「それは嫌だなって思った。自分より一日でも長く生きる人間を妬《ねた》んで、血眼になって探して、ただでさえ残り少ない相手の寿命をもらうなんて。それってすごく、惨めじゃない？」

僕もその様を想像してみて、そうだね、と真剣に頷いた。

僕だって、最後の最後で彼女にそんなぎらついた目をしてほしくはない。できることなら、もっと穏やかな心境でいてほしいと思う。

彼女自身が自分を惨めに思うなんて、もってのほかだ。

僕の顔を見た彼女が、どこか満足そうに笑う。と思ったら、急に彼女が膝にかかっていた布団を跳ねのけた。ベッドの上で正座をして、僕の方に向き直る。

「死神だった記憶を取り戻した主人公の最後のセリフ、いろいろ考えたの。ちょっと聞いてて」

ベッドの上で彼女が姿勢を正す。文化祭の練習中ずっと彼女の落語を拝聴してきた僕も、習慣的に背筋を伸ばして聞く体勢になる。それを見届けて、彼女はゆっくりと視線を上に向けた。

「記憶がない間、俺ぁ久々に空を見たよ」

普段の声より少し低い、落ち着いた口調で彼女は始める。視線は天井をすり抜けて、その向こうの高い高い空に向かっているようだ。

上空へ漂わせていた目線をすとんと落とすと、彼女は胸の前で腕を組んだ。

「死神やってた頃は、自分よりちょっとでも長生きできる病人を探すのに必死で、空なんか見ちゃいなかった。あの頃に戻るくらいなら――いいよ、この場でろうそくなんざ吹き消してやる」

組んだ腕をほどき、ぐっと腕まくりをする仕草をして、彼女が僕を見た。視線が交差した瞬間、挑むような目でニッと笑う。

「最後に人間らしい生活ができて、なかなか悪くなかったね」

どきりとしたその隙に、彼女が短く息を吸った。

その刹那、橙色に揺らめくろうそくの火が彼女の頰を照らした気がした。

無論錯覚だ。でも僕は、一瞬だが本気で彼女を止めてしまいそうになる。僕が椅子から腰を浮かせるのとほぼ同時に、ふっと彼女が息を吐いた。

彼女の息が僕の前髪を揺らす。それを僕は、全身を硬直させて受け止めた。

止める間もなかった。いや、そもそも止める必要もないのだが。彼女がひとりで重大な決意をしてしまったのを止められなかったような、不思議な喪失感に襲われた。

対する彼女は照れたように笑って、ベッドの上で足を崩す。

「本当はもうちょっと、笑えたり泣けたりするオチにしたかったんだけど上手くいかなくて。でも、おかげで、なんていうの？　生死観？　みたいなのは、わかった」

「……生死観」

「そう。私はこういうふうに、さっぱり死にたい。誰も妬まないで、誰からも奪わないで。今だったら、悪くない人生だったたって胸を張って言える」

いつかこんな話を家族にもしたい、と彼女は笑った。面と向かって伝えるのは照れ臭いが、物語というオブラートに包めば気恥ずかしさも少しは薄れるからと。

僕はただ、応援してるよ、と伝えるのが精一杯だった。

彼女は決して僕にそれを悟らせようとはしないが、生死観が定まり、こんなふうに清々しく笑えるまでに、途方もなく長い時間、ひとりで絶望や葛藤と戦ってきたのだろう。

それを思えば、死にたいなんて言わないで、などという僕の自分勝手な言葉など、到底口にできるはずもなかった。


十二月も半ばを過ぎ、彼女の病室を訪れるときは厚手のコートを着るようになった。

その日は日曜日で学校は休みだったが、僕はいつものように制服姿で彼女の病室を訪れた。廊下で彼女の両親とすれ違うこともあるので、なるべくきちんとした格好をしていくべきだろうと配慮してのことだ。

病室に入ると、ベッドで彼女がまどろんでいた。珍しい、と思いつつ枕元に丸椅子を引き寄せると、彼女がふっと目を覚ます。

大きな窓から午後の穏やかな日が射して、彼女は眩しそうに瞬きをした。

「……私、寝てた?」

「ちょっとね。そのままでいいよ」

起き上がろうとする彼女の布団を叩いて止める。彼女は眠たそうな瞬きをして、ごめん、と掠れた声で言った。

最近の彼女はいつも眠そうだ。薬が変わったそうで、その副作用か倦怠感《けんたいかん》がひどいらしい。

　病室に、ピ、ピ、と小さな電子音が響く。ベッドの脇に置かれた、バイタルサインを測定する機器の音だ。測定器は、彼女の薬が変わるのと同時に部屋に持ち込まれた。体が薬に慣れるまでは、万全を期してこの機器を部屋に置いておくらしい。

　僕は彼女の枕元に置かれた落語の本を手に取る。僕が贈った本を日中彼女はよく読んでいるらしく、新品だった本も、この数ヶ月ですっかり柔らかく手に馴染むようになった。

　彼女の目が覚めるまで本でも読んでいようとしたら、寝言のような柔らかな声で彼女が言った。

「……ねえ、退院したら、寄席に連れて行って」

　本から目を上げると、彼女が唇に薄く笑みを乗せてこちらを見ていた。

　僕は本を閉じてベッドの縁に肘をつくと、彼女の顔を覗き込み、そうだね、と頷いた。

「文化祭前にした約束、覚えててくれたんだ」

「もちろん。モモこそ自分で言いだしたくせに忘れてたんじゃない？」

　まさか、と僕は笑う。笑いながら泣きそうになる。彼女は随分と痩せてしまって、一体いつ退院できるのだろうと思わずにはいられない。

　それでも彼女が穏やかに笑っているので、僕も彼女の表情を写しとるように笑った。

「でも、寄席ってどこで見られるんだろうね？　浅草とか？」

「それも調べてないの？　有名なのは浅草だけど、渋谷でも見られるよ」

「服は？　普通に洋服でいい？」

僕の問いに、彼女はいたずらっぽい笑みを返す。

「ダメ。せっかくだから着物にして。私もこの前買った浴衣着ていくから」

「……僕は着付けとかできないよ？」

「教えてあげる。文化祭で着るつもりで、ちゃんと覚えたんだから」

「じゃあ、僕も着物を買いに行かないと。買い物一緒につき合ってよ」

彼女は大儀そうに眉を上げる。でもその目が楽しそうに笑っているので、僕も笑う。この時間が、緩やかに長く、途切れることなく続けばいい、と思う。

「どうせだったら、浅草に行ってみたいな。モモと一緒に着物着て……」

彼女の声が小さくなる。迷うように瞳を揺らす彼女に、どうしたの、と問いかけると、なぜか軽く睨まれた。

出会った当初を彷彿とさせる視線にたじろいでいると、彼女は不機嫌そうな顔でぽつりと言った。

「……そのときは、モモと手を繋いでみたい」

表情と言葉が乖離《かいり》し過ぎていて、本気で言葉の意味を摑み損なうところだった。

彼女は怒った顔と極度に照れた顔がほぼ等しいのだと、こんなときに気づいて慌てて背筋を伸ばす。遅れて彼女の言葉を理解した。ほかならぬ僕と。

手を繋ぎたい、と彼女は言った。

「……手を繋ぐだけなら、今でも、できるけど……」

むしろ本当に繋いでもいいのか、と尋ねたかった。

僕の気持ちはもう、彼女に伝えてある。だが、彼女から明確な返事をもらったことはない。連日見舞いにやって来る僕を快く迎えてくれているのが半ば答えのようなものだが、それでもはっきりと言葉にしてもらっていないだけに、少しばかり不安になった。

窺うように彼女を見ると、彼女が布団の中から片手を出した。

僕に向けられた白い掌。そこから続く細い手首に、バラ色の数字が並ぶ。僕の電話番号だ。

不安を隠せない僕を笑い飛ばすかのように、彼女はこんなにも堂々と胸の内を晒す。これが答えだと言いたげに目を細める。

気がつけば、両手で彼女の手を包んでいた。彼女も無言で僕の手を握り返してきて、耳の奥に空気が詰まったようになった。急に心拍数が上がったせいだろうか。

彼女の手は薄くて、陶器みたいにつるりとして、力加減を間違えるとぱりんと割れてしまいそうだった。どのくらいの力で握り返せばいいのかわからず、おっかなびっくり彼女の手を握り返す。

僕の緊張ぶりを見て、彼女は柔らかな声を立てて笑った。

「……笑わないでよ」

「笑うよ。ほとんど力入ってない」

だったら、と少しだけ指先に力を込めた。まだ弱い、と笑われ、もう少し力を入れる。

「それぐらいがいい」

僕に片手を預けた彼女が、満足したように目を閉じる。ひとつ深い息を吐き、そのまま眠ってしまうかと思いきや、思い直したように彼女は瞼《まぶた》を上げた。

「モモ、落語読んで。……死神がいい」

彼女の方から演目をリクエストしてくることは珍しい。僕は膝に置いた本を手にしようとして、両手で摑んだ彼女の手をどうしようか迷う。

「片手はこのままにしておいて」

彼女が僕の左手をぎゅっと摑む。不意打ちに心臓が跳ねたが、動揺を押し隠してもう一方の手で本を手に取った。

片手でもたもたと死神のページを探していると、彼女がまどろむような口調で言った。

「……途中で寝ちゃったらごめん」

「いいよ。無理に起きてる方がよくないだろうから」

僕の拙い落語が子守歌代わりになるなら幸いだ。彼女は優しい顔で笑って、吐息に乗せたような声で囁いた。

「……ちゃんと連れて行ってね」

寄席に行く話だろうか。もちろん、と頷いて、僕は死神を読み始めた。

この病室で死神を読むのは何度目だろう。彼女のように上手く抑揚をつけることはできないが、あまりつっかえることはなくなってきた。

物語のラスト、死神を騙したことがばれ、主人公は地下の洞窟に連れ去られる。すっかり短くなった自分のろうそくを見て動転する主人公に、死神が囁く。上手くろうそくを継ぎ足すことが出来たら生き永らえさせてやろうと。

この本に載っている死神のオチは、いわゆるバッドエンドだ。主人公は震える手でろうそくを継ぎ足そうとするが、緊張してしまって上手くいかない。

「早くしな。でないとそのろうそく、消えるよ」と死神が急かす。急かされるとますます手が震えると主人公は泣き言を漏らすが、その間もろうそくは容赦なく短くなる。

いよいよろうそくの火が小さくなり、主人公は切れ切れの声を上げる。

「消えるよ……消える……消える、ああ……」

ああ、と、溜息の掠れるような声を最後に、物語は幕を閉じる。

笑いも起きない、静かな幕切れだ。

きっと寄席でこの話を聞いたら、客席は水を打ったように静まり返るのだろう。そんなことを考えながら、僕は本から目を上げた。

ベッドの上では、彼女が静かに目を閉じている。本当に眠ってしまったらしい。僕の左手を握っていた指先からも力が抜けていた。

僕は随分本を読むのに集中していたらしい。常日頃、彼女が感情を込めろとか抑揚をつけろとかあれこれ注文してくるせいだ。

だから、普通ならばすぐわかっただろう異変に気づくのにも、時間がかかった。

彼女のベッドの脇には、バイタルを測定する機器が置かれている。絶えず鳴り続ける電子音が、いつもと違う音を立てていた。ピ、ピ、と断続的に鳴るのでなく、ピーと、尾を引くように長く、長く――。

その意味を理解して椅子から立ち上がった瞬間、病室の扉が荒々しく開かれた。廊下から、看護師や医師がなだれ込んでくる。

異変を察した彼女の両親も病室に駆け込んできた。皆が慌ただしく動く中、僕は木偶《でく》のように立ち尽くすことしかできない。

こんなときに、佃祭の与太郎のセリフを思い出した。

次郎兵衛さん、死んじゃったの？　と、心底驚いた声で与太郎が言う。

次郎兵衛さん、死んじゃ嫌だ、返しておくれ。

返して。

「――……」

喉の奥から、何かが溢れた。

長く僕の喉を締めつけていたものが千切れ、ふさいでいたものが砕け、頭の中で、与太郎のセリフが反響する。

返して、嫌だ、あたいは嫌だ。あたいは。

僕は。

悲鳴じみた声で僕が叫んだのは、妹が病院に運び込まれて以来、ずっと口にしていなかった言葉だった。

彼女の葬儀は、クリスマス直前に行われた。

冷たい雨の降る日で、僕も葬儀に参加した。彼女の友人なのか、うちの学校の制服を着た女子も多くいた。すすり泣く生徒たちを横目に、僕は祭壇の前で彼女の遺族に頭を下げ、焼香をして、遺影に頭を下げた。

会場を出ても、まだ雨は降り続いていた。濡れた指先に寒風が吹きつけ、凍り落ちてしまうほどに痛い。

灰色の空を見上げる。出がけに見たニュースで、今日は冬至だと言っていた。こんなに寒いのに、まだ地中には温かな土が残っているらしい。

本当かな、と、初めて父の言葉が信じられなくなった。

年が明ければ、学校は彼女が亡くなる前と同じ空気に戻っていた。校内で、彼女を想って泣く生徒は誰もいない。

春になるとクラス替えがあり、僕たちの教室は二階から三階へ移動した。僕は去年と同じく七組のまま。窓から見える風景は、少しだけ空が近くなった他は代わり映えもしない。教室内の顔ぶれが変わり、でも何人かは同じメンバーのままで、変わったものと変らないものが入り混じり、僕は二重写しの世界に迷い込んだ気分になる。L字の校舎の端にある七組から、長い長い廊下を歩いて一組に行けば、そこにはまだ彼女がいるのではないか。そんな幻想に捉われる。

三年生になると周囲は受験勉強で忙しく、授業も選択科目が増え、気がつけば、僕は学校で誰とも喋らずに過ごすようになっていた。帰宅しても、両親はもとより、妹とさえろくに口を利かず自室に閉じこもった。

彼女がいなくなった後も、日々はびっくりするほど円滑に、穏やかに過ぎた。

日が経つにつれ、僕は段々わからなくなってくる。

彼女は本当にいなくなったのか。それ以前に、彼女は確かに存在していたのか。

もともと僕と彼女は、さほど接点があったわけでもない。クラスが遠く離れていたこともあり、文化祭の準備を始めるまで、僕は彼女の顔すら知らなかった。

携帯を覗いてみても、彼女の痕跡は何ひとつ残っていない。メールやラインのログはもちろん、写真の一枚もないのだ。毎日のようにラインでもしていれば、ふっつりと彼女からの連絡が途絶えた日付を見て、何か思ったりしたのかもしれないが。

葬儀で見たはずの、彼女の遺影も思い出せない。笑っていたような気もしたが、平面にのっぺりと引き伸ばされた顔は、冬の日差しに満ちた病室で最後に見た彼女とは別人のようで、目を逸らした瞬間に忘れてしまった。

何か、とても大事なものが手の中から転がり落ちてしまった気はしたが、一体自分がどれほどのものをとり落としたのか、実感することが難しい。

そのうち考えることを放棄する言い訳に、受験勉強にのめり込むようになった。

自室にこもり、何をするでもなくベッドに寝転がっていたら家族に心配されただろうが、受験生が受験生らしく机に齧《かじ》りついている分には、誰も小言を言ってこなかった。

彼女のいない時間は驚くほどに単調で、瞬く間に彼女が亡くなってから一年が過ぎた。

年が明け、センター試験が終わり、卒業式の直前、第一志望だった大学の合格通知が自宅のポストに舞い込んだ。

彼女の母親が僕を訪ねてきたのも、同じ頃だ。

ショートホームルームの後、担任に「お前に会いに来た人がいる」と声をかけられた。昇降口へ行くと、そこに彼女の母親が立っていた。

彼女の母親を最後に見たのは、彼女の葬儀のときだろうか。だが、遺族席の黒い塊を一瞥した記憶があるだけで、彼女の母親の顔をしっかりと見た覚えはない。存外穏やかな表情で僕に会釈をする彼女の母親に、僕もぎこちなく頭を下げる。

受験を終えた三年生は自由登校に近く、僕はそのまま彼女の母親と学校を出て、近くの公園に向かった。

彼女の母親は、こんなところでごめんなさい、と詫びながら公園のベンチに座った。僕もその隣に腰を下ろす。

「本当は、もっと早く貴方とお話をしたかったんだけど、ちょうど受験の時期だったでしょう？　娘のことで、受験勉強に水を差してはいけないかと思って、控えていたの」

ベージュのワンピースに黒いカーディガンを羽織った彼女の母親は、膝に載せたハンドバッグをゆっくりと撫でる。小さな猫でも抱いているかのように、優しい仕草で。

まだ少し冬の匂いを含ませた風が公園の木々を揺らす。その木漏れ日の下で、彼女の母親は改めて僕に頭を下げた。

「最後まで、あの子の病室に通ってくれてありがとう」

僕は返す言葉に迷ってしまって、不自然なくらい長く沈黙してから、ようやく口を開いた。

「……こちらこそ、僕が病室にいる間は二人だけにしてもらって……僕のせいで、ご家族と過ごす時間が減ったんじゃないかと……」

彼女が入院していたときから、ずっとそのことが心配だった。彼女の両親は僕に何かしら不満を抱いているのではないか。そう思ったが、彼女の母親は穏やかな表情のまま首を横に振った。

「貴方のおかげで、あの子は最後まで楽しそうだった。貴方が来る時間になると、あの子丁寧に身だしなみを整えてたのよ。お化粧なんてしたこともなかったのに……貴方が来る前は、いつも頰紅を差してた」

彼女が亡くなって一年以上も経ってから知らされる真実に、知らず手が震えた。

彼女はいつでも笑顔で僕を迎えてくれた。その裏で、彼女が青白い顔に紅を差していたことなど知らなかった。

病室で彼女と重ねた穏やかな時間は、彼女の静かな努力によって支えられていたのだ。日に日に病んでいく体を、彼女はどうごまかしていたのだろう。

うなだれる僕に、彼女の母親は努めて明るい声で言った。

「私も楽しかったのよ。娘の恋愛話なんて聞けて。……だから顔を上げてちょうだい」

促され、僕は改めて彼女の母親を正面から見た。そこで初めて僕は、薄く皺の刻まれた相手の目元が、彼女とそっくりなことに気づく。彼女の写真すら持っていない僕は、随分久しぶりに彼女の痕跡のようなものを見た気がして、声を失った。

再び沈黙が落ちて、公園の木々がさやさやと鳴る。

平日の午前、晴れて天気もいいというのに、公園で遊ぶ子供はいない。地面に落ちる樹木の影だけが、踊るように足元で揺れている。

「……彼女の落語、聞いたことありますか？」

水の底からぽかりと泡が浮いてくるように、唐突に彼女のことを思い出した。

この一年近く、思い出そうとしても上手く思い出せなかった彼女の声や、仕草や、表情が、ひとつ、ふたつと記憶の底から浮き上がってくる。

彼女の母親はハンドバッグを撫でながら、小さく首を横に振った。

「直接聞くことはできなかったけれど、最後にあの子から手紙をもらったの。口で言うのは恥ずかしいから、私がいなくなったら読んでって。葬儀が終わって、やっと封を切ったら、落語の原稿が出てきたわ。死神っていうの。貴方も知ってる？」

僕は頷く。こちらを見る相手の目が潤んでいることに気づいて、もう一度深く。

そして、伝わったんだな、と思った。

悪くない人生だったと。

彼女が落語に込めた想いは、きちんと家族に伝わった。

彼女の母親は指先で目元を拭うと、膝に置いていたハンドバッグの口を開けた。ハンカチでも出すのかと思いきや、取り出されたのは一通の封筒だ。柄のない、真っ白な長方形の封筒には、見覚えのある字で『百瀬太郎様』と書かれている。

たちまち封筒から目を離せなくなった。彼女の母親が、僕にそれを手渡してくる。

「これも、貴方に渡すよう娘から言付かっているの。受け取ってくれる？」

どうやら、これが僕に会いに来た本当の目的だったようだ。

封筒を受け取った僕は、公園の前で彼女の母親と別れ、電車に乗った。

真昼の電車は人が少ない。ぽつぽつと座席が埋まる車内を歩き、最後尾の車両の、更に一番端の席に腰を下ろした。

しゃれっ気のない白い封筒を開けると、中には数枚の便せんが入っていた。これも柄など何もない、真っ白な便せんだ。

モモへ、で始まる手紙に、僕はゆっくりと視線を滑らせる。

『モモへ

手紙とか苦手なんだけど、直接話すとどうしてもテレるので、一応書いておくことにしました。この手紙は、私が死んだあとモモに渡すよう家族に預けてあります。やっぱり私、死んじゃうと思うから』

少しだけ、改まった文章。傍若無人な彼女らしくないけれど、文字は確かに彼女のものだ。彼女の手書きの原稿を何度も読んだので、見間違えるはずもない。

指先で、そっと文字をなぞってみる。鉛色の細い字に、薄く彼女の声が乗った。

『最初、モモに落語の手伝いを頼んだときは、本当に最後まで協力してくれるとは思ってませんでした。でも毎回モモが練習につき合ってくれたから、私も最後までやりきれたんだと思う。結局舞台には上がれなかったけど、最後の文化祭は十分過ぎるほど満喫できました！

そういえば、高座名は『桃家　タロベエ』で正解だったね。まさかあのときはモモが舞台に上がるとは思ってなかったけど。もう運命だったのかも。本当は一応、ちゃんとした高座名も考えてたんだけどね。『桃家　玲花』って。

でもこれ、ちょっとキレイ過ぎない？　こんな名前つけたら、どんなキラキラした美少女が出てくるんだって期待されそうじゃない!?　でも桃家は絶対使いたかったから、それに合う名前で、自分の本名も入れてって考えたら桃家玲花しか出てこなくて、結局面倒臭くなってタロベエにしました』

桃家にこだわらなければよかったのに、と首を傾げたら、見越したように彼女の文字がそれに答えた。

『桃家にしなければいいのにって思ったでしょ？　仕方ないでしょ！　どうしても桃の字使いたかったんだから！』

筆跡が荒れてきた。段々と早口になっていく彼女の口調と同じく、室内に響くペンの音が加速していく様が想像できる。照れ隠しだろうか。

僕は雑に乱れた彼女の字に目を凝らす。

桃の字が使いたかった、と彼女は言うが、一体どんな気持ちで僕の名前から一字取りたいなんて思ってくれたのだろう。

文化祭の準備を手伝った感謝の気持ちを込めてだろうか。

それとも、何か別の。

知りたかったな、と思う。でもきっと、僕に問い詰められる可能性のない手紙の中だからこそ、彼女は秘密を明かしてくれたのだろう。

最初はかしこまっていた文面も、行が進むにつれ、どんどん彼女の口調に近づいてくる。

『あとね、文化祭で落語をやろうと思ったきっかけ。実はすっごく下らない理由なんだって言ったら、モモ怒る？　あまりに子供っぽくて、言ったら呆れられそうだったから、本当はお墓まで持っていくつもりだったんだけど。

きっかけは、癌だってわかった後。なんかときどき、これは現実なのかなって思うようになったんだよね。もしかして悪い夢なんじゃないかって。どっちかっていうとそう思い込もうとしてた。

そのときに、お祖母ちゃんから教えてもらったおまじないを思い出したの。モモにも教えてあげた、怖い夢を追い払う方法。怖い夢の結末を楽しい内容に変えて、できるだけたくさんの人に話せばその夢が本当になるって、覚えてる？』

そこまで読んだところで、僕はいったん手紙から顔を上げた。

この一年、彼女にまつわることはほとんど思い出さなかったというのに、ここにきて一気に記憶が蘇った。

文化祭前後に交わした様々な会話が、窓の外を流れる景色と同じ速さで頭の中を通り過ぎた。その中に、高遠から聞いた彼女の言葉が紛れ込む。

頑なに舞台にこだわる理由を、彼女はこう説明していた。

夢を見ているようだから、早く覚めたいと。

怖い夢は、楽しい結末に変えてたくさんの人に話せば本当になる。彼女の祖母は、本当に楽しい夢を見た気分になれる、と言いたかったのだろう。けれど彼女は、わざとそれを曲解した。

楽しい夢が本当になる。だから落語だったのだ。落語は聴衆を笑わせる仕掛けに満ちている。

舞台にこだわったのも、できる限りたくさんの人に聞いてもらいたかったから。

そして演目は、佃祭でなければいけなかった。

――死なないからだ。

話の冒頭で、次郎兵衛の家族は次郎兵衛が死んだと思い込む。だがラストで、ひょっこり次郎兵衛は帰ってくる。

死神にしようか迷った、と以前彼女は言っていたが、それも主人公が死なない展開で、と限定していた。

死んだと思ったら、死ななかった。

彼女はそれを、本当にしたかったのだ。

文化祭で落語をしようと思ったきっかけを尋ねたとき、彼女が恥ずかしがって教えてくれなかった理由がわかった。

彼女だって、子供のように純粋に祖母の言葉を信じたわけではないだろうし、自分がそれを拡大解釈している自覚もあったのだろう。

それでも、子供っぽいおまじないにすがらなくてはいられないくらい必死だった、そんな自分を隠したかったのかもしれない。

一枚目の便せんが終わり、二枚目に入ると少し文章の雰囲気が変わった。

『あと、好きだって言ってくれてありがとう。腕に電話番号書いてるところを見られたときは恥ずかしさでこのまま死ねるんじゃないかと思ったけど、人間って案外しぶといね。あれで私の気持ちなんてモモにはばれちゃったでしょ？　そのすぐ後にモモが告白っぽいことしようとするから、焦って思わず止めちゃった。ごめん。

だって私もうすぐ死ぬし、可哀想だからつき合ってあげよう、とか思ってるのかなって疑っちゃって。でもよく考えたらモモにそんなイケメンみたいなことできるわけないんだよね。我ながら考え過ぎだったと思う。

未練になるって言ったのも本当で、モモとつき合うことになったらますます死ぬのが怖くなるんじゃないかと思った。でもモモが毎日病室に来てくれるから、逆に安心だった』

どんな顔で、彼女はこの文章を書いたのだろう。極度に照れると怒ったような顔になるから、しかめっ面だったかもしれない。

こんなにいろいろなことを想っていたのなら、全部伝えてくれたらよかったのに。できることなら文字ではなく、彼女の声で聞きたかった。

最後に、という文字が現れ、僕は自然と姿勢を正した。

『これも言おうか迷ったんだけど、最後だからばらしちゃう。

モモが初めて私の前に現れたとき、本物の死神が来たのかと思ったんだよね。ぬぼーっとした大男が、暗い顔でじっとこっちを見下ろしてくるから。

あのときの私のショック、わかる？　運命に抵抗したくて必死で文化祭に出ようとしてたのに、とうとう運命を刈り取る死神が現れて、もうここまでかって思った。

バカバカしいと思うでしょ？　でも私は本気で絶望した』

彼女の手紙には驚かされてばかりだったが、このくだりが一番衝撃的だった。

まさか、と思ったが、思い返せば初対面の彼女は、化け物でも見るような目で僕を見た。確かに僕はあのときひどく緊張していたが、そんなに人を取って食いそうな顔をしていただろうか。

『死神が私の命を刈り取りに来たんだと思って、だからモモに文化祭の準備を手伝ってもらうことにしたの。近くで監視してようと思って。私をどこに連れて行くつもりか見届けてやるつもりで、ほとんど喧嘩腰で。でもモモは死神にしては頼りないし、優し過ぎるし、警戒するのも馬鹿らしくなって最後はやめたんだけど』

一体彼女は、いつまで僕を死神扱いしていたのだろう。弱々しく笑おうとして、息が止まった。

『でも、死んだ後もモモと一緒なら、まあいいかと思ってる。モモだったらそんなに怖いところにも連れて行かないだろうし。この手紙を書いてる今は確かめようもないけど、モモは面倒見がいいから最後まで私の側にいて、ちゃんと連れて行ってくれたんでしょ？』

日差しを遮る高いビルの前を列車が通過して、真っ白な便せんが真っ黒な影に呑み込まれた。強烈な明暗に目が追いつかない。空っぽになった頭の中に、最後に聞いた彼女の声が蘇る。

『……ちゃんと連れて行ってね』

どうして今頃気づいてしまうのだろう。

きっと彼女は、死ぬことがすごく怖かったのだ。頼りない僕を死神に見立てて、死神も大したことないじゃない、と鼻で笑い飛ばしたくなるくらいには。

彼女の中で、きっと僕は最後まで死神だった。嫌だという言葉もろくに口にすることができず、他人の仕事に忙殺される、気弱でふがいない死神だ。

僕を叱り飛ばしながらあの世に行くのなら最後まで虚勢《きょせい》を張り続けられるんじゃないかと、彼女はそんなことを考えたのかもしれない。

帰宅しても、家には誰もいなかった。何をしたわけでもないのにひどく疲弊していて、居間のソファーに寝転がる。

そのまま、うとうとしていたらしい。物音がして目を覚ますと、ちょうどリビングに妹が入ってきたところだった。学校帰りらしく、ランドセルを背負ったままだ。

ここ一年自室にこもりっきりだった僕がリビングにいるとは思っていなかったようで、目が合うと妹は一瞬戸惑った表情を見せた。その大人びた表情に、僕は少しだけ面食らう。

正面からまじまじと妹を見るのは、随分久しぶりのような気がした。少し髪が伸びただろうか。肩につくくらいだった髪は、鎖骨の下まで伸びている。

細身のジーンズに黒いセーターを着た妹は、無邪気な笑顔で僕の膝にまとわりついていた頃とは若干雰囲気が違っていて、僕も戸惑いを隠せない。

声をかけようと思ったが、とっさには話題も出てこなかった。もうアニメに興味はないだろうか。ここのところ一緒にテレビを見た記憶もないので、現在の妹が何に興味を持っているのかもわからない。最後に手を繋いだのはいつだっただろう。以前は妹からそれをせがんできたが、今はもう、こちらから手を差し伸べても困った顔で断られてしまいそうだ。

テレビもついていないリビングはしんとして、妹の横顔もどこか緊張している。僕は一向に話題を見つけられず、気まずい空気は募る一方だ。

気詰まりな空間から逃れるべく立ち上がろうとしたら、制服のジャケットに入れていた彼女の手紙が小さな音を立てた。

乾いた紙がこすれ合う音の向こうから、彼女の声が追いかけてくる。思春期のニキビも、家族も、同じくらい軽率にできるものだと言い放った声が生々しく蘇り、僕はぎこちなくソファーに座り直した。

「愛美」

名前を呼ぶと、ランドセルを下ろしてカウンターキッチンの奥に行った妹が、驚いた顔でこちらを見た。戸惑った顔はそのままに、何？　とか細い声で返事をする。

「母さんは？　今日遅いんだっけ？」

「……多分。仕事の後、スーパーに行くって言ってたから」

「そう……」

続く言葉はなく、妹はコップに水を注いでいる。

以前のようにスムーズな会話ができないことに、ほんの少しだけ落胆した。妹に嫌われまいと必死になっていた日々はなんだったのだろう。

寄せ集めの他人が家族になることは、やっぱり難しい。僕が家族であろうと努力することをやめてしまえば、両親も、妹も、きっと僕を家族にしてくれない。

今度こそ諦めて部屋に戻ろうと思ったが、立ち上がろうとするたびにポケットに入れた手紙が音を立てる。それは彼女の抗議の声のようで、忘れかけていた彼女の声を思い出す呼び水になった。

居場所がないような顔をしないで、と呟いたときの、彼女の真剣な横顔が目の裏にちらつく。それだけでなく、喧嘩をしてみろ、誰かに迷惑をかけてみろと、彼女の言葉が途切れることなく押し寄せてきて、僕はやけになってソファーに座り直した。

「今日の夕飯なんだろうね？」

無理やり会話を続けたところで、ろくな返事がないことは覚悟の上だ。

実際返事はなかったが、妹はその場から立ち去ろうとしない。無言のまま、カウンターの向こうからじっとこちらを見詰めてくる。

何か決意を秘めた妹の顔を見て、僕も自然と居住まいを正した。

妹は再び手元に視線を落として蛇口を捻る。

「お兄ちゃん、もう受験終わったんだよね？」

「うん、おかげさまで……」

「まだ落語好き？」

シンクに落ちる水音のせいばかりでなく、妹の声は聞きとりにくい。恐らく声を小さくしたのだろう。

水と一緒に排水溝へ流れていきそうな妹の言葉をかろうじて聞き取ったものの、僕はすぐに返事ができなかった。

落語、と聞くと、思い出すのはどうしたって彼女のことだ。

夏の校舎で彼女と落語の練習をして、冬の病室で彼女のために落語を読んだ。

彼女が息を引き取る瞬間、耳にしていたのは僕の落語だったのだと思ったら、この一年間、胸の奥で沈黙していた何かがごとりと動いた。

きゅ、と蛇口を捻る音がして、水音がやむ。カウンターの向こうから妹がまだこちらを見ていることに気づき、僕は曖昧に頷いた。少なくとも、嫌いにはなっていない。

妹はしばらく沈黙してから、ダイニングテーブルに置いていたランドセルを持って自室へ行ってしまった。

なんだったのかな、と思っていると、すぐに妹が戻ってきた。片手に紙袋を持った妹は、つかつかと僕の座るソファーに歩み寄ると、L字のソファーの端に腰を下ろした。はす向かいから、妹が紙袋を差し出してきた。わけもわからず受け取り、中を覗いて驚いた。袋に入っていたのは、扇子だ。

思いもしなかった渋い品に目を瞬かせ、僕にくれるのかと確認する。妹は真剣な顔で頷いて「開いてみて」と言った。

言われるままに袋から出し、するすると扇子を開く。

中骨は木でできているようだ。扇面は真っ白で、特に柄も入っていない。無地の扇子をわざわざ開けと言われた意味がわからず首を捻っていると、扇子の一番端を支える親骨で目が止まった。

親骨には、『桃家』と名前が入っていた。

僕が文化祭の舞台に上がったときに使った高座名だ。目を丸くして妹を見ると、妹はどんな表情を作るか決めかねたふうに俯いてしまった。

「去年、社会科見学で浅草に行ったの。お土産屋さんに扇子があって、名前も入れられるって言うから……お兄ちゃん、前に舞台で扇子使ってたし、必要かなって」

「舞台でって……使ったの、あれ一回きりだよ」

「でも、その後もよく落語の本読んでたから、またやるのかなって思って……」

妹が言っているのは、まだ彼女が入院していた頃のことだろう。病室で彼女に落語を読み聞かせていた僕は、帰宅してから予行練習のつもりで落語の本など読んでいた。

妹はちらりと僕の表情を窺い、また視線を落とした。

「あの頃、お兄ちゃん楽しそうだったし……また機会があれば、やったらどうかなって」

いつも無邪気に笑っていた妹が、今は言葉を選んでいる。落語にまつわる話題が、僕の胸の抉れた場所に触れてしまうとわかっているのだ。

僕は改めて手元に視線を落とす。扇子は新品だが、外袋が大分くたびれていた。

「……この扇子、いつ買ったの？」

「結構前だけど……お兄ちゃんずっと忙しそうだったから……」

僕は妹の行動に二重も三重も驚いてしまって、ただただ手元の扇子を見詰めるばかりだ。昔からこちらの事情などお構いなしに僕を振り回してきた妹が、僕がふさぎ込んでいるのに気づいていたことも驚いたし、折角買ってきた扇子をすぐ手渡さず、いつ渡そうかタイミングを窺ってくれていたらしいことにも驚いた。

妹がおむつをしていた姿を鮮明に覚えている僕は、いつの間にこんなに大人になったのだろうと、奇妙な感慨を覚えて妹を見遣る。

僕の視線を受け、妹は小さく肩を竦めた。

「お父さんとお母さんも、心配してたよ……？」

「……そうなの？」

「当たり前じゃん」

ぽかんとした顔で尋ね返したら、さすがに怒ったような顔をされてしまった。

そうだったんだ、と僕は呟く。目の端で妹が呆れた顔をしたが、本当に気がつかなかったのだ。両親は、受験生が受験生らしく勉強に打ち込んでいる分には何も文句はないのだと思っていた。

違ったのかと、また驚いた。心配しながら、黙って見守っていてくれたらしい。

彼女が亡くなってから、僕は全然周りが見えていなかったんだな、とようやく気づいた。

取り乱さないように必死になっていただけで、ちっとも冷静ではなかった。

その証拠に、妹がいつ社会科見学に行ったのかもわからない。前日にリュックや弁当を用意していたはずだから、同じ家に住んでいたら気がつくのが当然なのに。

僕は扇子に彫られた、『桃家』の文字を指で辿る。

「わざわざ名前入れてもらって……高かったんじゃないの？　これ……」

「お母さんたちにはお土産買ってこられなかったくらい、高かった」

少しだけ遠慮を取り払った口調で妹が答える。だがその目の奥に、まだ距離を測りかねる色が残っているのがわかったから、僕は少しばかり大げさに、声を立てて笑った。

「笑うとか酷い！　お母さんたち、満願堂の芋きん楽しみにしてたのに……！」

「いや、ごめん、本当にごめん」

ごめん、と、笑いを収めて謝った。僕の声音が変わったことを察して言葉を切った妹に、「ありがとう」と深く頭を下げる。

同じ屋根の下、こんなに近くで、こんなに気にかけてくれる人がいる。

妹に深々と頭を下げながら僕は、この先も、ずっとこの子の兄でいようと思った。

いつか妹が、僕と血がつながっていないことを知り、僕を兄とは認めないと言ったとしても、それでも僕は、愛美を妹と思い続けよう。

僕は今まで価値観を周りに預けっぱなしで、父や母や妹が僕を家族と認めてくれるか、怯えて窺ってばかりいたけれど、もうやめよう。

たとえ相手がどう思おうと、自分は一生、この家で共に暮らした人たちを家族と思い続けようと思った。相手が僕を家族と認めてくれなくても、僕にとっては、恐らく生涯にわたって、変わらず家族だ。

頭を上げると、妹は居心地の悪そうな顔で指先に髪を巻きつけていた。「大げさ」、と睨まれ、肩を竦める。

「思春期のニキビとかけまして――」

今こそ言うべきタイミングだと彼女のなぞかけを口にして、でも最後まで言うのはやめておいた。やっぱり上手くはないだろう。

それでもこんなに忘れられないのだから、彼女の言葉には何か力があったに違いない。

はたまた、家族なんてそれくらい軽率にできるものであってほしいという僕の願望が、彼女に見破られていたのかもしれない。

「思春期のニキビってなんのこと?」といぶかし気に尋ねてくる妹を笑ってやり過ごし、僕はゆっくり扇子を畳む。そして、寄席へ行こう、と思った。

彼女はもういないけれど、彼女と一緒に、寄席へ行くのだ。


満開の桜が惜しみなく青空に散る頃、大学の入学式を目前にして、僕はひとり寄席を訪れた。

カバンに彼女の手紙と、妹からもらった扇子を入れて、物慣れない態度もそのままに木戸でチケットを買う。

中に入り、思っていたより断然狭い会場に驚いた。せめて高校の体育館くらいの広さを想像していたのだが、もっとずっと小ぢんまりしている。一番後ろの席に座ったが、下手をすると高座に座る噺家の衣擦れまで聞こえそうだ。

平日の昼間だったが、意外に人の入りは多かった。年齢層もばらばらだ。

見たところ、着物姿の客はいない。彼女と二人で着物なんて着てきたら、ちょっと浮いてしまったかな、とも思う。

扇子を膝に載せていると通ぶっているようで気恥ずかしく、彼女の手紙だけを膝に置いて上演を待っていると、場内に出囃子が流れた。着物姿の噺家が高座に上がる。最初の演目は僕も知っている話だ。彼女の病室で落語を読み聞かせていたおかげで、有名どころはいくつか覚えた。

オチがわかっているから途中で飽きるかな、と思ったが、杞憂《きゆう》だった。話の大筋は知っていても、字面で読むのと耳目で触れるのはまるで違う。くるぞ、くるぞと身構えていても、笑わせる場面では声を出して笑ってしまう。他のお客が一緒になって笑うせいもあるだろう。オチを知っているのに何度でも笑ってしまい、話芸だな、と改めて思った。

落語を聞き続けていると、『たがや』が始まった。

噺家が出てきて、たがやが始まるとわかった途端、客席がどよめいた。何事かと思ったが、理由はすぐに知れた。

たがやは花火の見物客でごった返す両国橋が舞台だ。次々と花火が上がり、群衆が「たまやー」「かぎやー」と声を掛け合う。

話の冒頭で、噺家が天井に向かって口笛を吹いた。

僕はすぐに、それが花火の上がる音だと理解する。ひゅるるる、と少しばかり頼りない音が会場内に響き、ぼんやりと視線が上へ行った。本当に花火が上がったわけでもないのに、音につられたように。

次の瞬間、ぱーん、と小気味のいい音が響いてどきっとする。噺家が両手で床を打った音だ。続けてばらばらと舞台を叩き、花火が夜空に降り注ぐ音を出す。

客席から感心したような声が上がった。どうやらこの音芸が、高座にいる噺家の持ちネタらしい。

再び口笛の音が響く。またしても視線が上を向く。

ぱーん、と夜空で花火が炸裂して、残骸がパラパラと落ちて、周囲で歓声が上がって。

その瞬間、彼女と河原で花火を見上げている錯覚に陥った。

真夏の夜を引きはがす、目の奥が痛くなるほどのまばゆい光。

目を開いたまま夢を見るように、唐突に蘇った光に全身を呑み込まれる。

彼女の言う通りだ。あのとき携帯の画面なんて覗いていたら、こんな光景を思い出すことはなかった。花火の眩しさだけでなく、火薬の匂いも、川を渡る生ぬるい夜風も、唇の端に残ったソースの匂いすら、いっぺんに思い出した。

周囲の音が遠ざかり、一瞬であの日の河原に記憶だけが引き戻される。写真を撮ったわけでもない、たった一度見ただけの光景が、色鮮やかに蘇る。

こんなふうに思い出してほしかったから、彼女は写真や電話の一切を嫌ったのだろうか。だとしたら彼女の目論見は正しかった。今だって、誰もいないはずの隣の席から、彼女の声が聞こえてくる。

「今日のことを覚えておいて」

あのとき、本当にこんなふうに覚えていられるなんて思っただろうか。

「何年後かに思い出したら、貴方絶対、変わるから」

確信を込めた彼女の言葉は力強い。立ち止まっていた背中を、ふいに後ろから押された気がした。

携帯などに保存していなかったからこそ、彼女との記憶はこんなにも鮮明で、一度思い出してしまえば次から次へと溢れてくる。フォルダーを探すまでもなく、長い長い糸を手繰り寄せるように、後から後から。

花吹雪を踏んでここまで来たのに、いつの間にか季節が夏に戻っていた。

青空を背に僕を見た彼女の、シャツまで青に染まっていくような光景が目の前に迫る。

最初から彼女は自分がいなくなることをわかっていて、僕がこんなふうに立ち止まってしまうことも予想していて、だからあんなにも何度も何度も僕の背を押した。彼女がいなくなった後も、僕が彼女を思い出し、また前に進めるように。

僕は劇場の照明をぼんやりと見上げ、膝の上に置いた手紙に指を滑らせる。

封筒の中に入っていた便せんは三枚。最初の二枚にはびっしりと文字が並んでいたが、最後の一枚には一言しか書かれていなかった。

三枚目の便せんは、冒頭に何かこまごまと書かれた痕跡があるのだが、何度も書き直して最後は面倒になったのか、雑に消しゴムで消されていた。

残ったのはたった二文字。便せんの中央に、殴り書きのような文字が走る。

「好き！」と。

生きている彼女の口からは一度も発せられることのなかった声が、びっくりするほど鮮やかに耳を打つ。

空耳だ。彼女はいない。

もう、どこにもいないんだ。

舞台を照らすライトが急に濁って、目から涙が溢れてきた。彼女が亡くなってから一度も、葬儀のときですら泣けなかったのに。

高座ではとっくに話が先に進んでいて、周囲の観客が声を上げて笑っている。

これも彼女が言っていた、「人に迷惑をかける」ことになるのだろうか。聴衆を笑わせようと懸命に喋る噺家の前で泣くのだから、一種の営業妨害にはなるかもしれない。

そんなことを思ったら一瞬だけ口元を笑みが掠めたが、それもすぐ嗚咽に呑みこまれた。

会場にどっと笑いが満ちる。

歓声に沸く寄席の中、僕ひとりだけが、泣いていた。

本書は、書き下ろしです。

君《きみ》の嘘《うそ》と、やさしい死神《しにがみ》

青谷真未《あおやまみ》

2017年11月5日初版発行
2018年2月15日第4刷

発行者……………長谷川 均
発行所……………株式会社ポプラ社
〒160-8565 東京都新宿区大京町22-1
電話………………03-3357-2212(営業)
03-3357-2305(編集)
振替………………00140-3-149271
フォーマットデザイン 荻窪裕司(bee's knees)
組版・校閲 株式会社鷗来堂
印刷・製本 凸版印刷株式会社

ポプラ文庫ピュアフル

ホームページ www.poplar.co.jp

N.D.C.913/271p/15cm
ISBN978-4-591-15659-9